迷雾

［西班牙］米格尔·德·乌纳穆诺◎著
朱景冬◎译

译林出版社

Miguel de Unamuno
米格尔·德·乌纳穆诺

译　序

米格尔·德·乌纳穆诺是西班牙近代文学史上的重要作家，也是著名的“九八年一代”的代表作家之一，其丰富而杰出的文学创作在西班牙文学史上占有不朽的篇章。

乌纳穆诺1864年9月29日生于毕尔巴鄂，1936年12月31日卒于萨拉曼卡。六岁时失去父亲，三年后又目睹了在王位战争中故乡被围困的情景。后者是他一生经历的最早的社会事件，在其作品《童年的回忆》和《战争中的和平》中有着生动有趣的描述。1880年至1884年他在马德里中央大学攻读文学与哲学。因不喜欢首都马德里，毕业后即回故乡从事研究工作和高等教育工作，先后讲授心理学、逻辑学、伦理学、哲学和拉丁文。1891年任萨拉曼卡大学希腊语和文学教授。教学工作是乌纳穆诺青年时期的主要活动。在那些岁月，他虽然收集和准备了不少创作的素材，但几乎没有写作。

萨拉曼卡为他的天才和文学活动的发展提供了极为有利的条件。这座古老而光荣的城市使他了解了卡斯蒂利亚省的风貌，卡斯蒂利亚又使他了解了西班牙。而粗犷的巴斯克地区又使他找到了将两种爱——对故乡的爱和对西班牙的爱——融为一体的极好方式。1901 年他被任命为萨拉曼卡大学校长，同时继续担任西班牙语教授，因为他很喜欢西班牙语的研究工作，还因为经济上有需要。1914 年，由于参加政治活动，其校长职务被撤销。这时，第一次世界大战已经爆发，他写文章支持协约国，抨击西班牙君主制度，因而受到当局的迫害：被判六年监禁。1913 年被共和党推为议员候选人，但未能得到议员证书。1923 年发表一系列政论，猛烈批评普里莫·德·里维拉将军的独裁统治，再一次遭到迫害：被流放到西班牙富恩特本图拉海岛，期满后拒绝回西班牙而去巴黎侨居，直到独裁政府倒台。1930 年 11 月间，他像英雄一般凯旋马德里，受到热烈欢迎。

1931 年，西班牙共和国诞生。乌纳穆诺返回大学任教，并被任命为萨拉曼卡大学的终身校长。在纪念共和国成立四周年之际，他被授予萨拉曼卡荣誉市民称号。

乌纳穆诺三十岁时才开始写作。起步虽晚，但他的创作丰富多彩。他写小说、诗歌、戏剧，也写随笔、评论、政论等。由于他涉猎多种文体，并且各种文体互相渗透，所以使得乌纳穆诺的研究者们常常不知所措。研究他的哲学的，却发现他是个小说家；研究他的小说的，却发现他是个戏剧家；研究他的剧作的，却又发现他是个诗人、小说家和哲学家。在传统的文体分类中，人们很难把他的作品恰当地归于何类，对他的小说的看法更是众说纷纭。例如他的研究者和崇拜者胡利安·马利亚斯认为："小说是乌纳穆诺创作中最重要的品种，它显示了作者在写作上达到的深度和新颖程度。"另一些评论家则认为，应该不限制地扩大对小说的传统概念，以便适用于乌纳穆诺所写的小说。乌纳穆诺的小说类型的确不同一般，无论其风格、技巧，还是其结构，都和那个时期（二十世纪前二十五年）西班牙国内外作家所写的小说不同。这是因为乌纳穆诺有自己独特的小说概念，并忠实地把它运用于小说创作。譬如，他认为当时流行的现实主义"纯粹是外在的、表面的、肤浅的和轶事性的，它所指的是文学的艺术，而不是诗的艺术或创作的艺术。在一首诗——优秀的小说也是诗——乃至在一部创作中，现实并非是批评家们称为现实主义的那种现实。在一部创作中，现实乃是一种内在的、创造性的、具有意志力的现实。而现实主义作家笔下的形象往往是些徒有衣饰的木偶，其动作由牵线来操纵，其胸中装着一架留声机，只会喋喋不休地重复它的佩德罗师傅[①]从街头、广场和咖啡馆收集来记在笔记本上的陈词滥调。"[②]显

① 塞万提斯的《堂吉诃德》中的一个演木偶戏的人物。

② 见乌纳穆诺的《三篇模范小说》序，1920年。

而易见，这种小说他是不满意的，他希望小说能够表现更深刻、更符合人之常情的东西，故事应该是富有戏剧性的、强有力的，现实应该是内在的、亲切的，既无什么掩饰也没有那种常常缺乏真正的、永恒的现实主义。人物则应该是有思想、有意志、有力量的人，而且必须生活在外在的、理性的世界中，必须幻想着梦幻似的生活。正是从这样的真实人物的冲突中产生出悲剧、喜剧、小说和 Nivola[①] 来。乌纳穆诺的全部小说都是根据这样的见解和原则创作出来的。他笔下的人物和现实都具有一定的幻想或梦幻色彩，往往使读者感到难以置信，但又不能不信。因此当时不少人说他的小说不是小说，至少不是真正的小说。然而，历史是最富有说服力的见证。乌纳穆诺及其小说早已载入文学史册，为后世所公认。如《西班牙与西班牙美洲文学通史》（1979 年第三版）这样写道："难道乌纳穆诺不是小说家吗？恰恰相反，我们认为《战争中的和平》、《迷雾》、《殉教者圣曼努埃尔·布埃诺》和《图拉姨妈》都是杰出的小说，都是很好的小说，人们对它们的阅读兴趣与日俱增，它们使读者获得了真正的快乐。其特殊的表现技巧和作者关于小说的概念甚至是无懈可击的。"（引自该书第 1266 页）

① 这是乌纳穆诺自造的字，由 Niebla（雾）和 Novela（小说）二词拼成。他称自己的小说为 Nivola，想说明他的小说是在日常生活的雾境中创造出了真实。

他的小说一般都比较短，大多数是中篇小说。第一部小说《战争中的和平》于 1892 年出版，是一部历史小说。写的是西班牙王位战争（1822—1826）中毕尔巴鄂被围困的情形。小说基本上遵循传统的创作方法，正如作者在第二版（1923）的前言中指出的，“它有着对自然风景的描绘和对时间与地点的描写与展示”。但是自 1902 年开始，这种倾向就从他的幻想作品中完全消失了。这一年他出版了第二部小说《爱情与教育学》。乍一看，这是一部讽刺实证主义者阿维托 · 卡拉斯卡尔的失败的幻想小说。他的那些荒唐设想使得他把科学变成了宗教，试图以严格的科学原则为基础培养和教育一名纯洁的天才。当然这不是反对科学的怪故事，而是揭示这两种要求之间存在的明显矛盾：其一是理智的教育学和优生学的要求，其二是强烈的自然冲动（如性爱和母爱）和死亡的恐惧的要求。对乌纳穆诺的意图来说，最重要的是这个事实：阿维托的计划一开始就遭到了挫折。例如，在决定让那位需要天才的母亲必须是个金色长发女人后，他反倒突然爱上了黑色短发的玛丽娜。这样，尽管阿维托竭力用新宗教的全部礼仪严格教育儿子，但是玛丽娜却常常用夹杂着迷信和另一种宗教教育的母爱热情来破坏他的努力。阿维托完全意识到了自己的失败，所以在小说中他一再自言自语：“完了，完了，你又完了。”而当他的天才到了恋爱的年龄却受到未婚妻的冷待时，便走上了轻生的绝路。但是阿维托并未以此为训，还想拿他的孙子做试验，尽管他要设法避免所犯的错误。这显然是一个富有喜剧性的荒诞幻想故事。对于这部作品，读者的反应是和作者的初衷相悖的。一些读者和批评者指责它根本不是一部小说。乌纳穆诺却气愤地反驳说，如果读者不认为它是一部小说，那就叫它 Nivola 好了。

1914 年，乌纳穆诺出版他的重要代表作《迷雾》。为了避免引起读者像对《爱情与教育学》那样的看法，作者明确地说这是一部 Nivola，并且再一次采用令人困惑的喜剧方式表现他认为非常严肃的问题。《迷雾》的一个重要思想是表现人的个性。这一思想对当时的乌纳穆诺来说已非新鲜。在《爱情与教育学》中他就认为人是缺乏个性的，并且开始进行冒险的选择。他还认为，人是他的作品的产物，原型在变成作品的人物之前什么也不是。《迷雾》的男主角奥古斯托·佩雷斯便是一个这样的人：直到结婚的年龄，还没有获得一种确定的个性。过了一段时间后，作为一系列可笑的专断行为（作者似乎暗示是命运的安排）的结果，佩雷斯才获得了一种暂时的个性（他做了欧亨尼娅的未婚夫）。但是当欧亨尼娅在举行婚礼的前夕跟她的情夫私奔后，佩雷斯不禁恐慌之至。他刚刚意识到自己存在的真正价值，欧亨尼娅却突然离他而去，他怎么能受得了呢？于是他便起了自杀的念头。同时他还沮丧地说：

“我不存在，我不存在，我是一个幻想的人，是小说中的人物……”作者通过这个人物的种种怪诞想法和思想矛盾表达了他对人的存在和价值的看法。有一个细节是颇为有趣的：作者打算让男主角佩雷斯消失，不同意他继续活下去，佩雷斯自然不能容忍，便据理反驳说：“不，这不行，我要活着，哪怕再次受到嘲弄，哪怕另一个欧亨尼娅和另一个毛里西奥把我的心撕碎……”“你要我死，你也会死，因为你创造了我。”这种表现人物和作者争辩的手法，在当时的世界文学中是绝无仅有的。只是到后来，在意大利剧作家皮兰德娄的剧作《六个寻找作者的剧中人》(1921)中才再一次见到，且剧中人的争辩与佩雷斯的争辩如出一辙：“先生，这真是一桩罪过，因为降生为角色的人是不死的！人，剧作家，作为创造的工具，是得死去的；他的创造物却不会死！无须特殊的天赋或奇迹出现，他就得到了永恒的生命……”这种表现手法，既显示了作者小说创作上的创造，同时又巧妙地表现了作品的主题：人，既然被创造出来，就应该存在，应该有其人格和价值，而不应该任凭他的创造者随意处置。

在《迷雾》之后，乌纳穆诺的小说创作几乎完全集中于探讨人的真正存在和人的价值问题。在《三篇模范小说》(1920）的序言一文中，乌纳穆诺阐述了一个关于人格的朴素理论。这就是“关于人，除了上帝、别人和自己心目中的人之外，还有一种人，即他本人愿意成为的人。而这种人，即他自己愿意成为的人，就其本身而言，就其内在的实质而言，是一个创造者，是名副其实的现实的人。我们或胜或败皆取决于我们愿意成为什么样的人，而不在于我们已经是什么人。”这一理论或思想便是乌纳穆诺写作《三篇模范小说》的出发点。作品的人物都是自己愿意成为的人，他们有理想、有意志、有力量，他们把自己的愿望变成了现实。这也就是他称之为模范小说的理由所在。

除了小说外，乌纳穆诺还写有为人称道的随笔和散文《堂吉诃德和桑乔的生平》（1905）、《生命的悲剧意识》（1913）和《基督教的挣扎》（1925）等；诗作《诗集》（1907）、《十四行抒情诗集》（1911）、《委拉斯开兹》（1920）；剧作《菲德拉》、《梦中的影子》、《另一个人》、《孤独》等。

朱景冬

目　录

序　言

堂米格尔·德·乌纳穆诺坚持要我为他这本书写一篇序言。这本书记述了我的好友奥古斯托·佩雷斯那般令人伤心的历史及其神秘的死亡。我不能不写，因为乌纳穆诺先生的愿望对我来说是真正意义上的命令。我虽然没有走到我不幸的朋友佩雷斯那种哈姆雷特式的怀疑态度的极端——他甚至怀疑自己的存在，但我至少坚信自己缺乏心理学家们所说的自由意志，尽管让我感到欣慰的是，我相信堂米格尔同样不具有这种意志。

在我们的读者中也许有人觉得奇怪，我这个在西班牙文学界完全不为人所知的人竟为早已名扬文坛的堂米格尔的作品写序。而按照习惯，总是颇为有名的作家通过序言介绍那些不那么有名的作家。但是，我和堂米格尔都同意改变这种有害的习惯，把它颠倒过来：让无名的人介绍有名的人。因为实际上，买书的人是为了看正文而不是看序言，所以这很自然：像我这样一个年轻的初学写作的新人想要出名，不是要求一位文坛老手为他写推荐序，而是应该恳求他允许给他的某一部作品写序。同时这就解决了青年人和老年人之间的一个争论不休的问题。

此外，我和堂米格尔·德·乌纳穆诺之间有着并不算少的联系。在这部作品——无论管它叫小说还是Nivola，要知道，Nivola这个词是我创造的[①]——中，这位先生引用了不少我同不幸的奥古斯托·佩雷斯的谈话，他还在小说中讲述了我的晚生子维克多西托出生的经过，似乎我和堂米格尔有某种远亲的关系，因为我的姓和他的某个先辈的姓相同，依据是我的朋友、学界著名的安托林·S.帕帕里戈普洛斯[②] 对家谱进行的权威性研究。

我不能预见堂米格尔的读者将如何对待这部Nivola，也不清楚他们如何看待堂米格尔。一段时间以来，我一直关注堂米格尔同读者们的天真所进行的斗争。我真正感到惊讶的是，这种天真是多么深沉和纯朴。由于在《世界画报》和某个其他类似出版物上发表的一些文章，堂米格尔收到一些信件和外省报纸的剪报，这些材料表明在我们的人民中间还大量地保存着天真纯朴和简单幼稚的品质。他说过一句话："塞万提斯先生（即堂米格尔[③]）不缺少某种才气。"有一次有人评论他这句话，他们似乎对这种不恭敬感到恼

① 参见本书正文第128页。

② 乌纳穆诺《爱情和教育学》中的人物，可能是作者借用希腊历史学家康斯坦丁诺斯·帕帕里戈普洛斯的姓。

③ 塞万提斯的全名为米格尔·德·塞万提斯。

火；还有一次有人被他关于落叶的忧思所感动；不但有人对他的"以战反战！"的喊声欢欣鼓舞：他看到有人死去，虽然不是被人杀的，他也感到痛苦，于是他发出了这样的呐喊；而且也有人重复他在那些污秽不堪、乌烟瘴气的咖啡馆、俱乐部和无家可归的穷人和流浪汉的夜宿收容所收集来发表的并不荒谬的少量真心话，他们由衷地认为那是他们自己的话，甚至有一个性情温和的老百姓对堂米格尔这位字谜游戏家有时把 Kultura 一词中的 K 写成大写而感到气愤[①]，他自认为有编造趣闻轶事的才能，却承认没有本领编造笑话和文字游戏，因为众所周知，对天真的读者来说，才能和雅趣会变成笑话和文字游戏。

幸好这些天真的读者似乎没有注意到堂米格尔的别的什么恶作剧。他常常玩点什么小聪明，比如写一篇文章，然后随便在某些词语下面划上着重线，再把稿件的顺序颠倒，让人不能确定在哪些词语下面划过线。在他对我讲述这种情况时，我问他为什么这么做，他对我说："天晓得……心情好呗！玩点花样呗！哦，此外还因为，划着重线和用斜体字让我恼火和心情不好！这会侮辱读者，等于骂读者愚蠢，就是对读者说：'请注意，老兄，这是有意图的！'

① Kultura，德语"文化"之意。在德语中，名词的第一个字母必须大写（Kultura 即为名词）；而在西班牙语中，cultura 的第一个字母是小写。

所以我劝一位先生写文章要全用斜体字，让读者注意到文章从第一个字到最后一个字都是用意深刻的！这不过是作家的哑剧罢了：想用手势取代用语气和声调表达不了东西。维克多朋友，请注意极右派，就是我们所谓的传统派[①]的报纸，你会看到如何滥用斜体字、小体大写字母、大写字母、感叹号和一切印刷手段。哑剧，哑剧，还是哑剧！他们的表达方法是那么简单，或者，更确切地说，在他们的意识中，他们的读者是天真幼稚的。必须结束这种天真幼稚的状态。”

我曾听到堂米格尔说要维护我们这里所谓的幽默，真正的幽默，这种幽默几乎不曾在西班牙产生，在很长的时间里也不容易产生。他说，在这里所谓的幽默作家，如果不是纯粹诙谐的作家，那么他们或者是喜欢讽刺的作家，或者是喜欢嘲弄的作家。比如把塔沃亚达[②]称为幽默作家，就是滥用这个术语。克维多那部有着辛辣的但既清晰又透明的讽刺性的作品[③]没有什么幽默，其中的训诫意义显而易见。堂米格尔对我说，“要说幽默作家，我们只有塞万提斯。倘若他能抬起头来[④]，他一定会嘲笑那些对我承认他

① 传统派，指19世纪末创建的西班牙政党，其目标是维护西班牙传统的完整性。

② 塔沃亚达（1848—1906），西班牙作家。

③ 指克维多（1580—1645）的流浪汉小说《骗子外传》（1626）。

④ 意为复活。

有某种非凡价值而感到愤怒的人，尤其会嘲笑那些认真看待他的某种最机智的嘲弄的天才！因为毫无疑问，模仿骑士小说的风格是他对骑士小说的嘲弄——十分严肃的嘲弄；一些天真的塞万提斯研究者把‘面色红润的福玻斯[①]刚刚……’这样的句子作为风格的典范提出来，不过是对文学上的巴洛克风格的一种可笑的讽刺。至于有人将‘已经晓色朦胧’作为一章的开头、而以‘时刻’作为前一章的结束视为作家惯用的表述形式，那就不必提了。”

我们的读者，就像一切文化修养不高的读者一样，是天生多疑的，就像我们的人民一样。在这里，谁也不愿意被人嘲笑、受人欺骗、遭到愚弄，因此当有人跟他说话时，当然他就想知道对方的用意是什么，对方是开玩笑的还是认真的。我怀疑在别的民族那里有人会对这种把开玩笑和认真混为一谈的情况感到不满。至于一件事情不十分清楚是不是严肃，我们当中谁能忍受呢？更加困难的是，让一个多疑的西班牙人明白既用严肃的口吻又用开玩笑的口吻、既用认真的口吻又用嘲弄的口吻来说的一件事情。

堂米格尔对悲剧的滑稽性很关心，他不止一次对我说，如果不写一部悲剧性的滑稽剧或滑稽性的悲剧，他便不想死去。但是在剧中，滑稽因素或荒诞因素和悲剧因素不能

① 福玻斯，希腊神话中的太阳神。

混合或并列在一起，而是融合在一起，熔化在一起。由于我向他指出这只不过是一种放纵的浪漫主义，他便回答我说：“我不否认这一点，但是随便指责某件事情，这什么问题也解决不了。尽管我教过二十多年古典文学，但是与浪漫主义相对立的古典主义却与我格格不入。有人说，希腊人的特点是善于辨别、确定、区分；而我的特点是不确定，是混淆。”

这个问题的本质只是一种概念，或者更确切地说，不仅是一种观念，也是一种人生观，我不敢称之为悲观主义的，因为我知道堂米格尔不喜欢这个词。这是他的偏执狂的固定观念：如果他的灵魂不是永生的，如果其他人乃至万物的灵魂也不是永生的，而这种永生是在中世纪纯朴的天主教徒所相信的那种意义上说的，那么，如果不是这样，任何东西也没有什么价值，也不值得付出什么努力。莱奥帕尔迪[①] 的厌世学说就是在他以为自己会永生的幻想

“我曾相信自己永生”[②]

破灭之后产生的。这就是堂米格尔为什么最喜欢的是塞

---

① 莱奥帕尔迪（1798—1837），意大利诗人。

② 原文为 ch'io eterno mi credea。

南古[①]、肯塔尔[②]和莱奥帕尔迪这三位作家的原因。

但是这种严肃而尖刻的幽默，不但伤害了我们那些想知道其用意何在的人的疑心，而且还让不少人感到不快。人们想笑，是为了更好地消化，为了解除痛苦，而不是为了把不应该吞下的、可能引起消化不良的东西吐出来，更不是为了忍受痛苦。堂米格尔坚决认为，如果一定让人们笑，那就不应该靠隔膜的收缩来帮助消化，而应该把吃得太多的东西吐出来，因为当腹中没有美味和过多的食物时，对人生和宇宙的意义会看得更清楚。他不容许温和的讽刺，也不容许谨慎的幽默，因为他说，哪里没有什么辛辣哪里就没有讽刺，谨慎是与幽默相对立的，或者像他自己喜欢说的：是与苛薄的幽默相对立的。

这一切驱使他干一件很不愉快的、不怎么让人领情的工作，他称之为给天真的公众按摩，看看我们人民的集体智慧能不能逐渐变得灵活和敏锐起来。有人说，我们的人民特别是南方人很聪明；对此他感到很恼火。他说，“以斗牛为乐、在那种极为简单的表演中找到多样性和乐趣的人民，在智力方面受到了非议。”他还说，没有比一个业余爱好者的智力更简单更迟钝的了。对刚刚被维森特·帕斯托

① 塞南古（1770—1846），法国作家。

② 肯塔尔（1840—1891），葡萄牙诗人、哲学家。

尔[①] 的击剑弄得激动不已的人来说，你那种多少有点幽默感的奇谈怪论见鬼去吧！他讨厌那些斗牛专栏作家——爱玩文字游戏和善于炒作杂烩的平庸天才们的诙谐文章。

如果再加上他喜欢玩的形而上学的概念，大家就会明白，为什么有许多人不喜欢读他的作品，因为有的人看了这些东西会头痛，有的人注重这个教条："神圣的东西应该受到神圣的对待"，认为这些观念不应该成为嘲弄和嬉戏的话题，但是他说，鉴于有些人嘲弄自己的同胞兄弟最神圣的东西，也就是最令人欣慰的信念和希望，他不明白为什么这些人的忏悔者一定要别人严肃对待某些东西。既然有人曾经嘲笑过上帝，为什么我们不能嘲笑理性、科学乃至真理呢？既然我们最宝贵、最亲密的生命希望被夺走，为什么我们不能把一切搅乱，以图消磨光阴，消灭永恒，为自己报仇呢？

这样的情况也容易发生：有人会站出来说，这本书中有一些段落近乎下流，也可以说近乎色情。但是堂米格尔曾经很细心地关照我，让我在这部 Nivola 的故事发展过程中讲几句有关的话。他准备对这种非难提出抗议，并准备坚持这种看法：他们能够在书中找到的不堪入目的描写，并没有迎合犯罪的肉欲的意图，除了其他考虑所需要的想象的出发点外，也没有别的目的。

---

① 维森特·帕斯托尔（1879—1966），西班牙著名斗牛士。

凡是了解堂米格尔的人都很清楚，他特别厌恶任何形式的色情描写。这不仅是因为通常的道德观念，还因为他认为热衷于色情是最伤害智力的事情。总而言之，他认为那些色情作家，或简单地说，那些性爱作家，是最不聪明、最缺乏智慧、最愚蠢的人。有人听他说过，玩女人、赌博和酗酒是三种他们最典型的恶习，前两种比第三种更伤害人的智力。要知道，堂米格尔除了水之外什么也不喝。有一次他对我说："你可以跟一个酒鬼聊天，他甚至会讲些趣闻轶事。但是谁能忍受得了一个酒鬼或色鬼的闲谈呢？斗牛爱好者的闲谈比他们那种闲谈还要低级，可以说愚蠢到了极点。"

另一方面，色情和形而上学的东西相结合，并不让我感到惊讶，因为我相信我知道，还如他们的文学作品表现的那样，我们的人民起初是武士和教徒，后来变成了好色之徒和形而上学者。崇拜女人和崇拜格言派的警句妙语是一致的。其实在中世纪我们人民精神的初级阶段，野蛮的社会存在着宗教的、甚至神秘的狂热，和尚武的狂热——剑柄呈十字形；但是在他们的想象中，女人的地位微乎其微，是第二位的，而严格意义上的哲学思想被包裹在神学中，在修道院里打瞌睡。色情的东西和形而上学的东西同时发展。宗教是好战的；形而上学是好色的、淫荡的。

信教把人变得好战或好斗，或者说，好战把人变得信教；另一方面，形而上学的本能，知道我们对与自己无关的事情的好奇心，原罪，总之，这一切把人变得好色，或者说情感像夏娃那样，唤醒了她身上的形而上学本能和想知道善与恶的含义的愿望。后来还有神秘主义，即产生于好色和好战的宗教形而上学。

那个雅典名妓特奥多塔对这一点知道得很清楚。色诺芬在他的《回忆录》里讲述了她跟苏格拉底的谈话，她对他的研究方式，还有他为真理接生的方式非常喜欢，建议这位哲学家为她拉皮条，帮助她猎客。（据希腊语教授堂米格尔说，文章中用的是 Synthérates 即同猎者，我感谢他告诉我这种十分有趣的、如此具有启发性的信息。）在名妓特奥多塔和助产的哲学家苏格拉底之间那种极其有趣的交谈中，可以很清楚地看到这两种职业之间的亲密关系，哲学在很大程度上是拉皮条，而拉皮条在很大程度上也是哲学。

如果这一切不像我说的这样，至少不能否认这种说法是巧妙的，这就足够了。

另一方面，坦白地说，我亲爱的导师堂富尔亨西奥·恩特朗博斯马雷斯·德尔·阿基隆[①]（堂米格尔在其小说或 Nivola《爱情与教育学》中提供了关于此人的非常详尽的信息），不会同意我做这样的划分：一方面是宗教和好战，另一方面是哲学和好色。我估计，《伟大的组合术》的著

---

① 乌纳穆诺的小说《爱情与教育学》中的人物。

名作者[①] 将会这样划分：好战的宗教和好色的宗教，好战的形而上学和好色的形而上学，宗教的好色和形而上学的好色，形而上学的好战和宗教的好战；此外还可以这样划分：形而上学的宗教和宗教的形而上学，好战的好色和好色的好战；除了这些，还可以划分为：宗教的宗教，形而上学的形而上学，好色的好色，好战的好战。一共形成了十六对组合。我还丝毫没有提三组合：即形而上学的好色的宗教，或者好战的宗教的形而上学！但是我既没有堂富尔亨西奥那无穷的组合才能，更没有堂米格尔混淆一切和搅乱一切的热情。

关于这个故事出乎意料的结局和堂米格尔对我不幸的朋友奥古斯托之死的说法，我有许多话要说。我认为他的说法是错的；但是关于这件事，现在我不想在这篇序言中与请我写序的人争论。但是使自己的良心释然，我应该说明，在我最后一次和奥古斯托·佩雷斯交谈时，他把他自杀的意图告诉了我，我深信他实现其自杀的意图时真的自杀了，不仅在思想上，而且在愿望上。我认为我有确凿的证据；证据既多又确凿，为了达到这样的认识，任何异议也不再存在。

就写到这里吧。

维克多·戈蒂

① 即堂富尔亨西奥·恩特朗博斯马雷斯·德尔·阿基隆。

后　序

我很乐意在这里讨论我的作序者维克多·戈蒂的某个论点；但是，鉴于我了解他——戈蒂——存在的秘密，所以我宁愿让他为自己在他那篇序言中说的话负全部责任。此外，由于是我请求他为我写序，事先——即 a priori[①]——我就许诺不折不扣地接受他写的东西，如今事后——即 a posteriori[②]——我就既不能拒绝，甚至也不能修改和纠正。但是，另一方面，我也不能不提出任何看法便放过他的某些观点。

我不知道，当我在最亲密的友谊的怀抱里所讲的知心话并不是对公众讲的意见和看法公诸于众时，合法到了什么程度。戈蒂在他写的序言中有失谨慎，把我从来无意公开的看法公开了。或者说，至少我从来也不愿意把私下谈的这些看法原封不动地发表。

至于他肯定地说那个不幸的……就算是不幸的，那

① 拉丁文，意为："先验"。
② 拉丁文，意为："后验"。

么为什么呢？好吧，就假定是不幸的吧。我想，他肯定地说过那个不幸的，不管他是怎么说的。奥古斯托·佩雷斯是自杀而死，而不是像我讲述的那样死的，就是说，是因为我的完全自由的意志和决定，这着实叫我好笑。其实有些看法只值得一笑。在审视我的决定时，我的朋友和写序者戈蒂应当非常谨慎，因为如果他惹恼了我，到头来我会像对待他的朋友佩雷斯那样对待他：或者让他死去，或者像医生那样杀死他。我的读者早就知道，医生们总是左右为难：要么怕杀死病人而让他自己死去，或者怕病人自己死去而把他杀死。所以，如果我看到戈蒂即将死去，我就敢杀死他；如果我害怕杀死他，我就让他自己死去。

对这篇后序，我不想多写了，因为这足以让我的朋友维克多·戈蒂做出选择了。我感谢他为我写序。

米·德·乌

《迷雾》的历史

——作者自序

我的这本作品——仅仅是我的吗？——的初版1914年被列入“文艺复兴丛书”，后来被骗子们骗走了。似乎1928年出过第二版，但是我只见过书目，没见过书。这并不奇怪，因为那时正值独裁者当政，由于不服从他，我被流放到昂代[①]。1914年，我被撤掉萨拉曼卡大学校长职务——更确切地说是从牢笼中放出来——后，随着世界大战的爆发，我开始了一种新生活。我们西班牙虽然不是交战国，但也受到了震动。我们西班牙人分裂为亲德派和反德派——要是愿意，也可称为亲协约国派。这种分裂与其说是由于战争的起因，不如说是由于我们的气质。这个时刻规定了我国后来的、直到所谓的1931年革命发生和波旁家族君主统治灭亡的历史进程。那个时期我觉得自己被笼罩在我们西班牙、我们欧洲，甚至我们人类世界的历史的迷雾中。

① 法国城市。

现在，即 1935 年，当出版社提供机会再版我的《迷雾》时，我做了修改。修改时我进行了再创作，重新进行了创作。我让它在我头脑中复活了，就是说过去复活了，记忆复活了，重新被创作了。对我来说，这是一部新作品了；我敢说，对读过它并将再读它的我那些读者来讲，也肯定是一部新作品。但愿他们重读它时了解我。我曾经考虑，是不是重新写它，使它更新，但是必须使它成为一本新作品……新作品？当二十一年前——那时我五十岁——我那个奥古斯托·佩雷斯出现在我的梦中（我以为已经让他死去，感到后悔而想让他复活）时，他问我是不是认为能够使堂吉诃德复活。我回答他说：不可能！“我们这些被虚构的人物的情况也正是这样，”他反驳我说。我回答他说：“我要是再梦见你呢？”他说：“同一个梦不会出现两次。您再次梦见并以为是我的那个人将是另外一个人。”另外一个？这另外一个曾经怎样地缠着我和怎样依然在缠着我啊！只要看看我的《另一个人》[①] 的悲剧就够了。至于使堂吉诃德复活的可能性，我认为已经使塞万提斯的堂吉诃德复活了。我还认为一切欣赏他和听他讲话的人都会让他复活的。当然不是知识渊博的人，也不是研究塞万提斯的人。像大数城的保罗[②] 使基督徒们的基督复活那样，人们

① 根据小说《亚伯·桑切斯》改编的悲剧。

② 保罗，基督教规的创立者之一，大数城为其出生地。

让英雄复活。历史，或者说传说，就是如此，没有什么别的复活。

虚构的人物？真实的人物？虚构的真实就是真实的虚构。有一次我看见我的儿子佩佩在画一个玩具娃娃。当时他几乎还是个孩子。他一边画一边自言自语地说："我是有血有肉的，不是画的！"他把这句话写在了娃娃身上。于是我回忆起我的童年，回到了我的童年，我几乎被吓坏了。出现在我面前的是个幽灵。不久前，我的孙子米格林问我，费利斯猫——儿童故事里写的一只猫——是不是肉的。他是想说是不是活的。当我告诉他那是故事、梦幻或编造的时，他反问我说："梦是肉的吗？"这是个十分抽象的问题，或者说抽象的历史。

在叙述我的奥古斯托·佩雷斯在阴间和来世的生活时，我同样也想继续写他的传说。不过阴间和来世都在人世和今生中。任何一个人物的传记或一般历史都是可以写的，不管他是所谓历史人物还是文学人物或虚构的人物。我一度想让我的奥古斯托写自传，在自传中纠正我的错误，叙述他如何梦见了自己。这样使故事有两种不同的结局——也许是两个依据——让读者去选择。但是读者不肯容忍一切，不允许让他离开他的梦境，使他陷入梦的梦中和意识的可怕意识，即令人烦恼的问题中，不愿意打破他的真实的幻想。传说有一位讲道士在讲述基督受难的情形时听见虔诚的农妇们痛哭流涕，他便大叫："别这么哭，一千九百多年前人们才这样哭呢。再说，也许事情并不像我对你们讲述的这样……"在另外的情况下，他可能对听众说："事情也许是这样……"

我还听说一位考古学家兼建筑师想推倒十世纪的一座教堂，他不想修复它，而想根据那个时代能够找到的一个平面，根据十世纪的建筑师的计划，重新建造它：应该怎样建造就怎样建造，而不照原来的样子。平面？他不知道教堂本身的建造是矗立在平面之上的，远远超过了建筑者们的双手。小说跟史诗或戏剧一样，也可以形成一个平面；不过，小说、史诗或戏剧将制约自认为是其作者的人。或者说，他必须服从竞技者即所谓他创造的人物。先是魔王和撒旦，后来是亚当和夏娃，就是这样强迫耶和华服从的。这正是所谓 Nivola、Opopeya 或 Trigedia[①]！奥古斯托·佩雷斯就是这样支配我的。当我的这部作品出现在它的批评家中间的时候，我的好朋友、加泰罗尼亚人亚历杭德罗·普拉纳看到了这个悲剧。其他人由于头脑懒惰，成了我随意虚构的 Nivola 的俘虏。

称它为 Nivola 这一想法——正如小说里讲的，其实不是我的想法——是为吸引批评家而采用的另一种天真

① Nivola、Opopeya、Trigedia，分别为西班牙语中小说（Novela）、史诗（Epopeya）、戏剧（Tragedia）三个词的变体。

的狡猾手段。它像任何一本成为小说的作品一样是小说，地道的小说。就是说，它是这么叫的，因为这里的成为就是叫做。小说的时代或者说史诗的时代已经过去是什么意思呢？只要过去的小说存在，小说就会存在和复活。历史就是重新加以幻想。

当我开始幻想奥古斯托·佩雷斯和他的Nivola前，我就已经幻想过我小时候曾经亲眼目睹过的一部分卡洛斯派的战争，并写了我的《战争中的和平》。按照关于小说的学术规定，这是一部历史小说，更确切地说，是一部像小说的历史。属于所谓的现实主义。我十岁时经历的事情，我三十岁写这本小说时又重新经历了，又使它复活了。在经历目前的、正在发展的历史时，我继续在复活它。历史在发展，也在停留。我梦见了我的《爱情与教育学》——1902年出版的——另一部使人痛苦的悲剧。至少它使我感到过痛苦。我写它时，相信可以摆脱它的折磨，痛苦会转移给读者。在这本《迷雾》中，那个悲喜剧式的、被雾笼罩的Nivola人物堂阿维托·卡拉斯卡尔又出现了。他对奥古斯托说，只有生活才能学会生活，就像只有做梦才能学会做梦一样。之后，《根据米格尔·德·塞万提斯·萨维德拉的著作解释和评论堂吉诃德和桑乔的生平》于1905年出版。但是它仅仅是重新幻想、重新复活、重新写作的。你问我的堂吉诃德和桑乔不是塞万提斯的吗？你不相信，是吗？永生的堂吉诃德和桑乔们——在时间内而不是在时间外永生；整个永生存在于全部时间内，整个永生存在于时间的每一分钟里——并不仅仅属于塞万提斯和我，也不仅仅属于任何一个梦见他们的做梦人，而是每个人都可以让他们复活。我自己相信，堂吉诃德对我披露了不曾对塞万提斯披露的内心秘密，特别是他对阿尔东莎·洛伦索的爱情。1913 年，在我的《迷雾》之前，我的中篇小说集问世，书题取自其中的一个篇名:《死亡的镜子》。《迷雾》之后的 1917 年，我的《亚伯 · 桑切斯》出版：一部爱情的历史，写的是把我的外科手术刀插入我们西班牙种族共同的、最可怕的肿瘤时我所经受的最痛苦的体验。1921 年，我出版了我的小说《图拉姨妈》，由于德国、荷兰和瑞典的译本，近来它在中欧的弗洛伊德学派的圈子中受到欢迎，引起了反响。1927 年，我的自传体小说《一部小说如何创作》在布宜诺斯艾利斯出版。这使我的好友、笔名为安德雷尼奥的杰出批评家爱德华多 · 戈麦斯 · 巴克罗落入了像 Nivola 这样的新圈套，并且表示希望我写出“如何写小说”的小说来。1933 年，我的《殉教者圣曼努埃尔·布埃诺和其他三个故事》终于出版了。它们全是同一个模糊的梦的继续。

我的作品已经被译成——并非由于我的要求——十五种不同的文字。据我所知，它们是：德文、法文、意大利文、英文、荷兰文、瑞典文、丹麦文、俄文、波兰文、捷克文、匈牙利文、罗马尼亚文、南斯拉夫文、希腊文和拉脱维亚文。但是在这些作品中译成外国文字最多的是这一部：《迷雾》。在它出版七年后的1921年，最先被译成意大利文：《Nebbia，小说》，吉尔伯托·贝卡里译，埃西奥·莱维作序；1922年，被译成匈牙利文：《Köd》（布达佩斯），加拉迪·维克多译；1926年，被译成法文：《Brouillard》（欧洲杂志丛书），诺埃米·拉斯译；1927年，被译成德文：《Nebel，一部幻想小说》（慕尼黑），奥托·布克译；1928年，译成瑞典文：《Dimma》，阿伦·布格译；同年译成英文：《Mist，一部悲喜剧小说》（纽约），沃恩·菲特译，以及波兰文：《Migla》——字中的L用的是斜体字——（华沙），爱德华兹·博耶博士译；1929年，译成罗马尼亚文：《Negura》（布达佩斯），L. 塞巴斯蒂安译；同年译成南斯拉夫文：《Magia》（萨格勒布），博丹·拉迪卡译；最后，1935年，译成拉脱维亚文：《Migla》（里加），康斯坦丁·劳迪维译。一共被译成十种外国文字，比收在《一个真正的男子汉》一书中的我的《三篇模范小说和一篇序言》多两种文字。人们为什么这么喜欢它呢？为什么在讲其他语言的国家里，这部作品而不是我的其他作品使得德国译者奥托·布克称之为“幻想小说”，美国译者沃恩·菲特称之为“悲喜剧小说”？恰恰是因为它所表现的幻想和悲喜剧。我没有想错，因为从一开始我就料想——并且说过——，我称之为 Nivola 的这部作品肯定会成为我的最流行的作品，而不是我的《生命的悲剧意识》——被译为六种外国文字——因为后者需要具备某些比人们想象的还不平常的哲学与神学知识。所以它在西班牙获得成功使我感到意外。也不是我的《堂吉诃德和桑乔的生平》——被译成三种外国文字，因为它并不像本国的文学家们想象的那么闻名西班牙海外，更不那么受欢迎——在西班牙也一样。我甚至大胆地预言像我的这样一部作品很可能使它获得极大的名声。总之，不是任何其他作品。是因为作品的民族性吗？我的《战争中的和平》被译成德文和捷克文。因为我的《迷雾》的幻想和悲喜剧性肯定是我谈论和告诉普遍的个人、上层的和下层的人、阶级的人、种族的人、有社会地位的人、穷人和富人、平民和贵族、无产者和资产者的主要东西。关于这一点，被称为"知识渊博的"文化史家们是清楚的。

我认为这篇也许有人称为自我批评性的序言——跋文——中的主要东西是那位堂——他无愧于"堂"的称呼——安托林·桑切斯·帕帕里戈普洛斯——在第二十三章里写到他——提示给我的。尽管在那一章里我没有准确地运用难忘的、深刻的研究者的严格技巧。啊，我要是遵照他的意图恰好着手写那些想写而未能写成的人们的历史的话！我们最好的读者、我们的合作者和合著者——更确切地说是合创者——是他的同种同类。他们在读像本故事这样的故事时——如果愿意，可以称之为Nivola——会对自己说："我早就是这样想的啊！这个人物我认识！我也是这么想的！"另外有多少同样鄙俗之极的人也关心所谓的真实性啊！而那些相信自己清醒地生活的人并不知道，只有意识到自己在做梦的人才是真正清醒的；也只有意识到自己精神失常的人才是真正正常的。正如我的亲戚维克多·戈蒂对奥古斯托·佩雷斯讲的，"不糊涂的人才是糊涂的"。

由佩德罗·安东尼奥和何塞法·伊格纳西娅、堂阿维托·卡拉斯卡尔和马丽纳、奥古斯托·佩雷斯、欧亨尼娅·多明戈和罗莎里奥、亚历杭德罗·戈麦斯（一个真正的男子汉）和胡利娅、华金·蒙特内格罗、亚伯·桑切斯和艾莱娜，图拉姨妈、她姐夫、姐姐和侄子们，圣曼努埃尔·布埃诺和安赫拉·卡瓦利诺——一位天使——堂桑达利奥、艾梅特里奥·阿尔丰索和塞莱多尼奥·伊巴涅斯、里卡多和利杜维娜所组成的这整个我的世界，对我来说比由卡诺瓦斯和萨加斯塔、阿尔丰索十三、普里莫·德·里维拉、加尔多斯、佩雷达、梅内德斯·依·佩拉约和所有那些我过去认识和现在认识的活人组成的世界更为现实。他们中的某些人，我过去有交往，现在也有交往。如果谈我的真实性的话，我在那个世界上将比在这另一个世界更为真实。

在这两个世界下面，存在着支撑着它们的另一个世界，一个实在而永恒的世界。我在那里梦见我自己和曾经是——许多人仍然是——具有我肉体的精神的肉体的人。那是个没有时空意识的世界，我的躯体的意识像波浪存在海上一样存在那种意识中。当我不让我的奥古斯托·佩雷斯死亡的时候，他对我说："您不愿意让我成为我，不愿意让我摆脱迷雾，不愿意让我生活，生活，生活，不愿意看见我，听我说话，碰我，感觉我，同情我，成为我。这么说，您是不愿意？我得作为虚构的人物死去了？好吧，我的创造者堂米格尔，您也要死，您也要死，像来自虚无那样重新回到虚无中去！……上帝将不再梦见您！您将死去，是的，您将死去，尽管您不愿意。您将死去，所有读我的故事的人都将死去。将统统死去，一个也不剩！跟我一样的虚构人物，结局都将跟我一样！所有的人，所有的人，所有的人都要死去！"他这样对我说。二十多年来，二十多年间，这些预言似的和启示录般的话怎样像神圣的耶和华一样以几乎无声的可怕嗞嗞声对我低语啊！因为不只是我自己在慢慢死去，我的人物，创造和更清楚地梦见过我的人，也在逐渐死去或已经死去。生命的灵魂一滴一滴地，有时湍急地离开了我。可怜的呆子们竟认为我是为我自己的死亡而痛苦地活着！可怜的人们！不，我是为我梦见过和仍然梦见的一切人的死、为梦见我的和我梦见的一切人的死而活着。永生跟梦一样，或者是共同的，或者不是。我想不起任何一个我真正认识的人——真正认识某个人就是爱他，尽管自认为是恨他——，也不曾有人离开我时不单独对我说："现在你是谁？现在你的意识怎么样？现在我在自己的意识中是什么？意识又是怎么回事呢？"这就是迷雾，这就是 Nivola，这就是传说，这就是永恒的生命……这就是创造的、梦幻的语言。

存在着不幸的梦幻者莱奥帕尔迪的一种闪光的幻觉，这就是野公鸡、从圣经的旧约全书的解释中知道的巨大公鸡、歌唱永恒的启示和呼唤人类醒来的公鸡的赞歌。它是这样结尾的："这个世界和自然界本身枯竭的时刻将到来。如同那些最伟大的王国和帝国及其昔日极其著名的绝妙运动，今日连痕迹和任何名声都一无所剩一样，全世界和创造物的无数变迁和灾难也连一点残迹也不存在，只有光秃秃的寂静和极为深沉的平静充满无限的空间。这样，宇宙存在的令人惊叹和可怕的奥秘在得到揭示和理解之前就将消失。"

然而，不，野公鸡的赞歌和耶和华跟它的低语会存在；作为开始和结束的圣子[①]、风神和聚拢与凝结雾的精灵将存

① 圣子，即耶稣。他说过"……我是首先的，我是末后的……"，见《圣经·启示录》第1章第17节。

在。奥古斯托·佩雷斯曾威胁我们大家，威胁过去是我、现在仍是我的一切人，威胁组成我们必须与之一起死去的上帝的梦——确切地说是圣子的梦——的一切人。他将作为空间的肉体，而不作为梦幻的肉体、意识的肉体死去。所以，我要告诉你们，我的《迷雾》的读者们，我的奥古斯托·佩雷斯及其世界的梦幻者们，这就是迷雾，这就是Nivola，这就是传说，这就是历史，这就是永恒。

1935年2月于萨拉曼卡

迷　雾

一

奥古斯托走到门外，手掌朝下伸出右手，眼睛望着天空，像威严的雕像一样站了一会儿。他不是想占据这外面的世界，而是想看看是不是在下雨。当他觉得手背上有一股毛毛雨的凉爽感的时候，不禁锁起了眉头。他并不是讨厌这绵绵细雨，而是讨厌撑伞。雨伞是那么高雅、细长，紧紧地折叠着，而且装在套里！一把收拢的雨伞是那么美丽，撑开的雨伞却是那么丑陋。

"一个人必须使用物品，"奥古斯托想，"必须使唤它们，这是一件不幸的事情。使用会损害甚至破坏一切美。物品最高贵的功用是被人们欣赏。一只甜橙在没吃以前是多么美丽！如果我们的全部职能只限于或者更确切地说扩大为欣赏上帝和上天的一切事物，天上的一切就不会受到损坏。而在人间这种不幸的生活中，我们关心的只是使用上帝，我们企图像打开一把雨伞一样打开上帝，让他保护我们避免遭受各种灾难。"

想到这儿，他弯下腰去卷裤管。他终于打开雨伞，犹豫了一会儿，心想："现在我去哪儿？是向右走，还是向左走？"这是因为奥古斯托不是一位行者，而是一名生活的散步者。"我要等着一条狗从这儿过，"他对自己说，"顺着它走的方向走。"

这时，不是一条狗，而是一位健美的少女从街上走过。奥古斯托像被磁化了似的不由自主地跟着她走去。

他这样走了一条街又一条街。

"瞧那个男孩子，"奥古斯托心里想，与其说想，不如说是自言自语。"他趴在地上干什么哪？准是在观看一只蚂蚁！蚂蚁，哼！最伪善的动物之一。它不过在那里爬来爬去，却让我们相信它在工作。就像那个急匆匆走路的懒汉一样，他左右碰撞着迎面走来的每个人，我却毫不怀疑，他肯定没事情可干。一个懒鬼，能有什么事情干呢！有什么事情需要他干呢！他是一个游手好闲的人，一个像……不，我不是游手好闲的人！我的头脑一直在不停地想象。游手好闲者是他们，是那些口头上说工作，实际上却是无所事事、窒息思想的人。因为，比如说，那个做巧克力的滑稽可笑的人在玻璃窗里笨拙地转动着擀面棍，不过是为了做给我们看；他那么喜欢炫耀自己的工作，难道他不是一个偷懒的人吗？对我们来说，他工作不工作有什么关系呢？工作！工作！虚伪！对那个几乎是在地上爬的不幸的瘫子来说，工作……然而我又知道什么呢？对不起，兄弟！”——他说这句话时声音很高——“兄弟？什么兄弟？瘫痪的兄弟！据说我们都是亚当的儿子。那么这个小华金也是亚当的儿子吗？再见，华金！活见鬼，还是遇到了汽车、嘈声和尘土！它开得这么快，到底干什么呢？旅行的癖好来自对某个地方的病态恐惧而不是喜欢。经常旅行的人总是躲避他去过的每个地方，不寻找他到过的每个地方。旅行……旅行……雨伞是一件多么碍事的用具啊……奇怪，这是怎么回事？”

他停在了一所房子的门口，那位像磁石一样吸引着他的健美的姑娘进了那道门。奥古斯托这才发觉，他是跟着她走到这儿来的。看门的女人用怀疑的小眼睛望着他。她那种目光提醒了奥古斯托此刻应该做的事。“这个女门房，”他心里想，“在等着我询问我所跟随的这位小姐的名字和情况。不错，他现在需要做的正是这个。另一件事可能是中断我的跟随。不，这事不能再干了，应该结束了。我憎恨不了了之的事情！”他把手伸进口袋儿，只摸到一只银币。“现在不是去换它的时候，那会丧失询问的时机的。”

“劳驾，好心的妇人，”他对看门妇说，食指和大拇指仍然插在衣兜里。“可以私下里告诉我刚刚进去的那位小姐的名字吗？”

“先生，这不是什么秘密，也不是什么坏事。”

“正是因为这样……”

"噢，她叫堂娜欧亨尼娅·多明戈·德尔·阿科。"

"多明戈？是多明加吧……"

"不，先生，是多明戈。多明戈是她的第一个姓。"

"可是，涉及女人的时候，这个姓应该变成多明加的。不然的话，怎么做到性数一致呢？"

"我不懂你讲的那个，先生。"

"劳驾……请告诉我……"手指依然插在衣兜里，"她为什么一个人出门呢？她是未婚姑娘还是已婚女人？她有父母吗？"

"她是未婚的孤女，住在表亲家。"

"是姑表亲还是姨表亲？"

"不清楚。我只知道是她的表亲。"

"好吧。那她做什么事呢？"

"教钢琴课。"

"她弹得好吗？"

"我不太清楚。"

"啊，好，够了。您辛苦了。"

"谢谢，先生，谢谢。您还有什么事？我可以为您效劳吗？要我给她送什么信儿吗？"

"也许……以后……现在不用了。再见！"

"有什么事尽管吩咐，先生，我会严守秘密的。"

跟看门妇告别后，奥古斯托一边走一边自言自语："你瞧，我是怎样向这个好心的女人许诺的。我不能就这样一走了之。不然的话，这位模范看门妇会说我什么呢？欧亨尼娅·多明加，这么说我得叫你多明戈·德尔·阿科了？好吧，我记下来，免得忘了。除了口袋里带一个记事本，没有别的记忆法。我那位难忘的堂莱昂西奥早就讲过：不要把口袋儿里的东西塞在脑袋里！对此，我要加以补充：不要把脑袋里的东西装到口袋儿里！可是那个看门妇，她叫什么呢？”

他走了几步又返回来。

“还有一件事，请告诉我，好女人……”

“请说吧……”

“您，贵姓？”

“我？玛格丽塔。”

“好极了，好极了……谢谢！”

“没什么。”

奥古斯托转身走了，不一会儿就走到了杨树林荫道。

毛毛雨已经停止。他把雨伞收起来装进套子里，走近一条长凳，伸手摸了摸，发现凳子是湿的。他掏出一张报，铺在凳子上坐下了。然后又取出他的皮夹，挥动了一下他的自来水笔。“这是一件非常有用的东西，”他对自己说，“不然的话，我就得用铅笔记那位小姐的名字，那会被涂掉的。她的形象会从我的记忆中被涂掉吗？不过，她是什么样儿，温柔的欧亨尼娅是什么样儿呢？我只记得她的眼睛……我觉得只是碰了一下她的目光……当我想入非非的时候，她那一双眼睛甜蜜地牵动着我的心弦。等着吧！欧亨尼娅·多明戈，是的，多明戈·德尔·阿科。多明戈？我不习惯用多明戈称呼她……不，我必须让她改个姓，让她叫多明加。不过，我们的儿子也得把多明加作为第二个姓吗？由于我的姓，即这个多余的佩雷斯被迫取消，只保留佩字，我们的长子就得叫奥古斯托·佩·多明加了？可是……疯狂的幻想，你要把我带向何方呢？"他在他的皮夹里记下了：欧亨尼娅·多明戈·德尔·阿科，杨树林荫道，58 号。此外，他还写了两行十一音节的诗；

我们的痛苦来自摇篮，
我们的快乐也来自摇篮……

"糟了！"奥古斯托对自己说，"这个欧亨尼娅，教钢琴的女教师，打断了我的优美的抒情诗的绝妙开头。诗句被打断了。被打断了？……是的，人只能在事件中、命运的变化中为他固有的痛苦或快乐寻求食粮。从我们的天性来说，痛苦和快乐是一回事。那么欧亨尼娅呢？我得给她写封信，不过不是在这儿写，而是回家去写。去娱乐场不是更好吗？不，还是回家，回家去好。这种事得在家里做，在家庭里做。家庭？我的家不是家庭。家庭……家庭……还是叫做烟灰缸吧！啊，我的欧亨尼娅！”

奥古斯托回家去了。

二

男仆人给他开了门……

奥古斯托富有但孤独，因为在这些小事情发生之前六个月他的老母亲去世了。现在和一个男仆、一个厨娘住在一起。他们是他家的老佣人，是从前为他家做事的佣人的后代。他们已经结婚，但是没有孩子。

仆人开门后，奥古斯托问他是不是有人来过。

“没有人来，少爷。”

这样的问答是他们的习惯，因为奥古斯托几乎从不在家里接待客人。

他走进自己的房间，拿来一个信封写道：“堂娜欧亨尼娅·多明戈·德尔·阿科小姐收。E.P.M.”接着，他面对白纸，双手托腮，合上了眼睛。“首先得想一下她，”他对自己说。于是他竭力想在黑暗中捕捉到随意拖着他走的那一双眼睛的光辉。

他这样想象了一会儿欧亨尼娅的形象。由于几乎没有看见她，他只好猜想了。多亏这样的思想活动，一个交织着梦幻的不定形象出现在他的脑海中。可是，他睡着了。他睡着是因为夜里焦虑不安，失眠了。

“少爷！”

“啊？”他叫道，被惊醒了。

“该吃午饭了。”

是仆人的叫声还是辘辘饥肠（那个声音只不过是回声）把他惊醒的呢？神秘的心理活动！奥古斯托这样想。他一边向餐厅走一边自言自语：“唉，心理活动！”

他津津有味地吃完他那千篇一律的午饭：两个炸鸡蛋，一个土豆牛排，还有一块瑞士干酪。然后喝了咖啡，躺在了摇椅上。接着点上一支雪茄，塞到嘴里，对自己说：“啊，我的欧亨尼娅！”他准备好好地想想她。

“我的欧亨尼娅，是的，我独自想象的这个是我的，”他自言自语。“不是另一个，不是那个活生生的，不是我看见从我家门前走过的那个偶然的幻影，不是看门妇说的那一个！偶然的幻影？什么幻影不是偶然的呢？幻影出现的逻辑何在呢？这些由烟雾形成的一系列形象的逻辑就是它的逻辑。偶然！偶然是世界的根本节奏，偶然是诗的灵魂。啊，我偶然的欧亨尼娅！我的这个平静、墨守成规、卑微的生命是用每天的千百件小事编织成的品达[①]式的颂歌。每天的！我们每天的面包今天得到了！上帝

① 品达（公元前518—公元前438？），古希腊诗人。

把每天的千百件琐事安排给我们做。我们这些男子汉忍受不了巨大的痛苦和巨大的快乐，因为这种痛苦和这种快乐笼罩着浓雾般的小事件。生活就是这个，就是雾。生活中弥漫着浓雾。现在从浓雾中出现了欧亨尼娅。那么欧亨尼娅是谁呢？啊！我意识到，很久以来我就是在找她。正当我找她的时候，她迎着我走来了。难道这不是找到了一种东西吗？当你发现了你所寻找的幻影的时候，不正是同情你的幻影自己走到你面前来的吗？不是美洲来找哥伦布的吗？不是欧亨尼娅来找我的吗？欧亨尼娅！欧亨尼娅！欧亨尼娅！”

奥古斯托这样大声叫着欧亨尼娅的名字。从餐厅门口经过的男仆人听见了他的喊声，走进来问：

“少爷，你叫我吗？”

“不，不是叫你！我说，请问，你是叫多明戈吗？”

“是，少爷，”多明戈回答，对少爷提的这个问题一点儿也不感到奇怪。

“你为什么叫多明戈？”

“因为人们这样叫我。”

“好，很好，”奥古斯托对自己说，“我们的名字就像人们叫的那样叫。在荷马时代，人和事物都有两个名字：人给起的名字和神给起的名字。神怎么叫我呢？为什么我不能像别人称呼我的那样称呼自己呢？为什么我不能给欧亨尼娅起个不同于别人给她起的，不同于看门妇玛格丽塔叫的名字呢？我该怎么称呼她呢？”

“你去吧，”他对男仆人说。

他从摇椅上站起身，走进内室，拿起笔写道：

小姐：

今天早晨，您，偶然的幻影，冒着绵绵细雨从我的家门前走过。我虽然住在这个家，却没有家庭。我起床后，向您的家门走去，但我不知道您是不是有家庭。是您的眼睛把我带到那里去的。您那双眼睛是我云雾弥漫的世界中的一对明星。对不起，欧亨尼娅，请允许我给您取这个甜蜜的名字；请原谅我的幻想。我生活在永久的小小幻想中。

不知道还应该对您说什么。不，不，我知道。我要对您说的话很多，很多。但我认为还是等我们见面的时候说吧。因为这是我现在的渴望，我希望我们见面，一起交谈，希望我们通信，彼此了解。然后……然后，上天和我们的心知道！

啊，欧亨尼娅，我每天生活的甜蜜幻影，您听我的话、会听我的话吗？

我淹没在我生活的雾中，等待您的惠复。

奥古斯托·佩雷斯

他签上字，自言自语地说："我喜欢这种签字的习惯，尽管它没有用。"

他把信封好，又出门了。

"感谢上帝！"朝杨树林荫道走的时候他对自己说，"多亏上帝我才知道向哪里去，我才有地方可去了！我这位欧亨尼娅是上帝的恩赐。她已经使我的街头徘徊结束，到达了终点。我有了一个可以迷恋的家；有了一位忠实可靠的看门妇……"

他这样一面自言自语一面向前走的时候，欧亨尼娅从他身边走过，他却没有注意她那双明亮的眼睛。他心中的雾太厚了。但是欧亨尼娅倒是注意到了他。她心里嘀咕道："这个青年是谁？仪表不坏，看来日子过得挺舒服！"因为她早晨没有留意，她猜想这准是早晨跟踪过她的那个人。女人们总是知道男人们什么时候看她们，虽然没有看到她们；什么时候看到了她们，虽然没有看她们。

两个人：奥古斯托和欧亨尼娅，朝着相反的方向走去，用他们的心灵割断了街上的纵横交错的精神蜘蛛网，因为街道就像一件编织品，其中交织着欲望、嫉妒、傲慢、同情、爱情、仇恨的目光，交织着含义明确的陈词滥调以及思想、愿望。这张神秘的蛛网笼罩着行人的心灵。

奥古斯托终于又一次来到看门妇玛格丽塔面前，看到了玛格丽塔的微笑。玛格丽塔看到奥古斯托后，赶忙把手从围裙的口袋儿里拿出来。

“下午好，玛格丽塔！”

“下午好，少爷！”

“叫我奥古斯托吧，好女人，奥古斯托。”

“堂奥古斯托，”看门妇说。

“不是所有的男人都用堂字，”奥古斯托指出，“正如胡安和堂胡安[①]不是一码事一样，奥古斯托和堂奥古斯托也完全不是一码事。不过……算了！请问，欧亨尼娅小姐出去了吗？”

“是的，她刚出去。”

“去哪儿了？”

“到那边去了。”

奥古斯托朝那里走去。但是不一会儿又转回来。他忘了把信交给她。

“请把这封信送到欧亨尼娅小姐洁白的手里好吗，玛格丽塔太太？”

“非常高兴。”

“不过。必须交到她的洁白的手里，嗯？必须交到她

---

① 堂胡安（或唐璜），西班牙家喻户晓的一名传说人物，英俊潇洒，风流成性。其形象首次出现于剧作家莫利纳（1580？—1648）笔下。

那双像她弹的钢琴的琴键那么白皙的手里。”

“是，我明白，这种事我干过。”

“你干过？你干过什么？”

“啊，先生，您认为这是我送过的第一封这样的信吗？”

“这样的？那您知道这是一封什么信？”

“当然，跟前几封一样。”

“跟前几封一样？什么前几封？”

“因为小姐有过几个求婚者！……”

“噢！那么现在她还有吗？”

“现在？有，有，先生。好像有一位未婚夫……不过，我认为他只是个追求者……也许正在对他进行考验……可能是个临时的……”

“您怎么不早告诉我？”

“您没有问我嘛……”

“可也是。不过，还是请把这封信交给她，交到她手里，明白吗？我们得奋斗！让那个家伙滚开！”

“谢谢！先生。谢谢！”

奥古斯托恋恋不舍地离开了那里，因为看门妇玛格丽塔的笼罩着雾的日常谈话开始使他感到惬意了。难道这不是一种消磨时间的方式吗？

“我们得奋斗！”奥古斯托顺街下行，自言自语地说道。“是的，我们要奋斗！她不是有一个未婚夫……一个追求者吗？我们要斗争！Militia est vita hominis super terram。[①]我的生活有了目的。我有了需要我去完成的业绩。啊，欧亨尼娅，我的欧亨尼娅，你必须属于我！至少，我的欧亨尼娅必须属于我；这个欧亨尼娅是我根据那双眼睛、我的雾中的明星一闪即逝的影子想象出来的；是的，这个欧亨尼娅必须属于我；看门妇说的那个欧亨尼娅属于谁，我不管！我们要斗争！我们要斗争，我一定胜利。我有胜利的秘诀。啊，欧亨尼娅，我的欧亨尼娅！”

他来到娱乐场门口，维克多正在那儿等他下象棋。他们每天都要下两盘。

① 拉丁文，意为：“活在世上就要斗争。”

三

“今天你迟到了，伙计，”维克多对奥古斯托说。“往常你是很准时的！”

“没办法……太忙了。”

“你，太忙？”

“难道你以为只有交易所的经纪人才忙吗？生活要比你想象的复杂得多。”

“我的头脑比你想象的还简单……”

“什么都是可能的。”

“好了，该你走了！”

奥古斯托拿起“王”走了两步。这一次他没有像过去那样哼歌剧的唱段，而是暗暗想着：“欧亨尼娅，欧亨尼娅，欧亨尼娅，我的欧亨尼娅，我生活的目标，雾中的一对明星的甜蜜光辉，我要斗争！是的，在这里，在象棋上，是存在逻辑性的。但是，归根结底，它是多么捉摸不定，多么偶然啊！难道偶然的东西，意外的东西，不也是合乎逻辑的吗？关于我的欧亨尼娅的那个幻影，不合乎逻辑吗？

不符合一种神圣的象棋的逻辑吗？”

“我说，老弟，”维克多打断他的思绪，“不是说好不能退棋的吗？棋子一走，不得回头！”

“是，是说好了。”

“你要是这样走，我就白吃这个象了。”

“对，对。我走神了。”

“不能走神。一心不可二用。你是知道的：棋子一走，不得回头嘛！”

“啊，当然，你说得很对！”

“就应该这样。这是下棋的规矩。”

奥古斯托心里想：“下棋为什么不能走神呢？生活是否是一种游戏呢？为什么不可以退棋呢？这是合乎逻辑的！那封信可能送到欧亨尼娅手里了。**Alea jacta est！**[①]好汉做事好汉当。那么明天呢？明天属于上帝！昨天属于谁呢？啊，昨天，强者们的宝贝！神圣的昨天，每天的雾的基础！”

“将军！”维克多又一次打断他的思索。

“不错，不错……这个……不过，我的棋怎么走成这个样子呢？”

“老弟，因为你老是走神呗。要是你不这么爱走神，你准能成为我们的一名好棋手。”

---

① 拉丁文，意为：“命运注定了！”

“不过，请告诉我，维克多，生活是游戏或消遣吗？那么，这样或那样消遣有什么关系呢？”

“老弟，要是下棋，就应该下好。”

“为什么不能下坏呢？什么叫下好，什么叫下坏？为什么我们这样走棋，而不能用别的方式走呢？”

“奥古斯托朋友，像你这位杰出的哲学家教给我的那样，这是理论。”

“好的，我有一个重要消息告诉你。”

“什么？”

“你听了会吃惊的，老兄。”

‘我可不是那种容易吃惊的人。”

“那我就说了，你知道我出了什么事吗？”

“你愈来愈心不在焉了呗。”

“告诉你吧，我爱上了。”

“哼！我早就知道。”

“你怎么知道？”

“当然知道，一生下来你就爱上了；你有一种天生的多情。”

“是的，我们出生的时候，爱情也伴随着产生了。”

“我说的不是爱情。是多情。不用你说我就知道，你爱上了，更确切地说，是乱爱。我比你自己还清楚。”

“那么，我爱上谁了？你说，我爱上谁了？”

“这个，你并不比我清楚。”

“说说看。老兄，也许你有道理……”

“我不是说过了吗？不然的话，请告诉我。她是金发，还是黑发？”

“说实话，我不知道。不过，照我的想象，她不应该是金发，也不是黑发；所以，她一定是栗色发。”

“是高个还是矮个？”

“也记不清了。不过，一定不高也不矮。可是，老兄，那是一双多美的眼睛啊！我的欧亨尼娅有一双多美的眼睛啊！”

“欧亨尼娅？”

“不错呀，她叫欧亨尼娅·多明戈·德尔·阿科，住在杨树林荫道58号。”

“教钢琴的女教师？”

“正是她。那么……”

“是的，我认识她。现在……再将一下！”

“可是……”

“将你的军了！”

“好，好……”

奥古斯托走马招架。但是最后还是输了。

分手的时候，维克多把手放在自己的后颈上，对着他的耳朵悄声说：

“这么说，你是爱上了弹钢琴的欧亨尼娅了，嗯？好极了，奥古斯托，好极了。你会成功的。”

奥古斯托想道：“但是那些指小词，那些可怕的指小词！”

他离开了娱乐场。

四

“为什么指小词表示亲爱呢？”奥古斯托在回家的路上边走边想。“难道爱情会把可爱的东西缩小吗？我爱上了！我爱上了！这是谁说的！……维克多那么讲对吗？我生下来就是个多情人吗？也许我的爱情先于所爱的人。不止于此，是这种爱情激发了所爱的人，把所爱的人从天地万物的雾中引了出来。但是，如果我先走‘车’，就不会被将死了，不会被将死的。那么，什么是爱情呢？谁给爱情下定义呢？被限定的爱情不再是爱情……可是，天哪，为什么市长允许商业广告上使用那么难看的字体呢？那个‘象’走得不好。如果其实我还不能说了解她，我又怎么爱上她的呢？咳，以后会了解的。爱情在了解之先。了解会扑灭爱情。萨拉米略神父说，没有什么意愿先于认识。我却得出了相反的结论。这便是：没有什么认识先于意愿。人们说，了解是原谅。不，我认为原谅是了解。爱情在前，了解在后。不过，我怎么没有看到我被明明白白地将军了呢？为了爱什么东西。只要怎样就够了呢？隐约地看见它！隐约。这便是爱情的学问，在雾中隐约地看见。然后是准确地看到完美的幻影，是雾气凝结成水珠、冰雹、雪花或石头。科学是一种石战。不，不，是雾，是雾！除了老鹰，谁能在云层里遨游！而且能透过云层看见太阳像一团雾蒙蒙的火。”

“啊，老鹰！当敢于正视太阳、黑夜却看不见东西的拔摩岛[①]鹰，从圣约翰[②]身边逃出来遇到黑夜能见东西、白天却躲着阳光、从奥林匹斯山逃出来的密涅瓦[③]的猫头鹰时，彼此会说什么呢？”

这时，欧亨尼娅从他身旁走过，他却没有发觉。

“事后会了解的……”他继续想着。“不过……这是怎么回事？我敢说我看到了一对一闪即逝的、神秘的明星……莫非是她？我的心灵告诉我……咳，管它呢，我已经到家了！”

他进了家门。

他向他的房间走去。看了看他的床说：

“一个人！我一个人睡觉！一个人做梦！两个人睡觉的时候，准是一块做梦。神秘的气息肯定把两个人的头脑连在一起。难道不是两颗心连得愈紧，两个人的头就离得

---

① 希腊爱琴海中，埃斯波达拉斯群岛中的一个岛。

② 圣约翰，耶稣十二圣徒之一。

③ 罗马神话中的女神，司智慧、艺术、科学。同希腊神话中的雅典娜。

愈远吗？也许，也许两个人处在彼此相反的地位。如果两个情人想的一样，感觉就会彼此相反；如果共同感受同一种爱的感情，个人就会想个人的事，可能是相反的事。女人只会爱她的男人，只要他不像她那样想；就是说，只要他想自己的事。这样的夫妻就是诚实的夫妻。”

有许多个夜晚，奥古斯托睡前总要和他的男仆人多明戈玩一盘抓四K[①]；仆人的老婆，做饭的女人在一边观战。

牌戏开始了。

“金杯花二十点！”多明戈叫道。

“请告诉我！”奥古斯托突然大叫，“我要是结婚怎么样？”

“好极了，少爷，”多明戈说。

“那得看情况，”他老婆利杜维娜大胆说。

“你不是也结婚了吗？”奥古斯托质问她说。

“那也得看情况再说，少爷。”

“看什么情况？说说看。”

“结婚很容易，但是做个丈夫却很难。”

“这个属于人民的智慧，这是源泉……”

“因为她将成为你的女人……”利杜维娜插了一句，免得奥古斯托唠叨个没完。

“什么？她得成为我的女人是什么意思？你说，你快

---

① 一种牌戏。

说，喂，你说呀！”

“因为少爷这么善良……”

“得了，快说吧，女人，干脆点。”

“你一定记得你母亲说的话……”

听到她提起他的慈母，奥古斯托把纸牌放在了桌上，发了一会儿愣。他母亲，那个温柔的太太，不幸的女人，曾经多次对他说：“我的孩子，我活不了几年了，你父亲在召唤我了。也许他比你更需要我。所以，我得离开人世，把你丢在世上。结婚吧，你早点结婚吧。给这个家找个女主人和主妇来。不是因为我不相信我们的忠实的老佣人们，不是的。但是你必须找个女主人，让她管理这个家，我的儿子，让她当女主人。让她支配你的心，支配你的钱财，支配你的食品室、厨房和你的决定。找个善于管家、懂得爱人……能够照管你的女人吧。”

“我的女人将是个会弹钢琴的，”奥古斯托从回忆和怀念中醒转过来说。

“钢琴！钢琴干什么用？”利杜维娜问。

“干什么用？那上头有你最大的乐趣。它不是为倒霉的上帝效劳，那种所谓的效劳。我讨厌那种效劳。”

“讨厌我们的效劳吗？”

“不，不讨厌你们的，不！此外，钢琴还用来，是的，还用来……使家庭充满音乐，不致使家庭变成大烟灰缸。”

“音乐！音乐吃什么？”

“利杜维娜……利杜维娜。”

厨娘听到温和的斥责低下了头。这是这一对儿佣人的习惯。

“是的，她将弹琴，因为她是钢琴教师。”

“到那时她就不能弹了，”利杜维娜断言。“不然的话，她干吗结婚？”

“我的欧亨尼娅……”奥古斯托说。

“啊！原来她叫欧亨尼娅，是钢琴女教师？”厨娘问。

“是的。怎么？”

“和亲戚住在杨树林荫道图布西奥先生的商店楼上的那一位？”

“正是她。怎么，你认识她？”

“是的……见过她……”

“不，利杜维娜，再讲点，再讲点她的情况；要知道，这是关系到你的男主人的未来和幸福的事……”

“她是个好姑娘，是的，她是个好姑娘……”

“喂，说下去，利杜维娜……看在我过世的母亲分上！”

“想一想她的忠告吧，少爷。你听，谁在厨房里？是一只猫吗？”

女佣人站起来，走去了。

“怎么，不玩了吗？”多明戈问。

“啊，玩，多明戈，不能半途而废，该谁出牌了？”

“该你了，少爷。”

“好，我出。”

由于心不在焉，这一次又输了。

在回他的房间时，他对自己说：“唉，所有的人都认识她；除了我，所有的人都认识她。这就是爱情的困难所在。那么明天呢？明天我干什么呢？算了，每天都这么操心。现在，我要睡了。”

于是他躺在了床上。

躺在床上后，他又自言自语起来：“原因是，我不知不觉产生了厌倦心情。我的善良的母亲死去已经两个漫长的年头……是的，是的，存在着一种不知不觉的厌倦。几乎所有的男人都会不知不觉地感到厌倦。厌倦是生活的内容，厌倦创造了游戏、消遣、小说和爱情。生活的雾充满了甜蜜的厌倦，又酸又甜的饮料。每天发生的这一切微不足道的事件，我们用来消磨时光，延长生命的这一切甜蜜的交谈，不是非常甜蜜的厌倦，又是什么？啊，欧亨尼娅，我的欧亨尼娅，我的活生生的、麻木的、厌倦的花朵，到我的梦中来吧，梦见我吧，和我一起做梦吧！”

他睡着了。

五

光闪闪的雄鹰鼓动着镶嵌着露珠的有力翅膀，锐利的目光盯着太阳底下的雾，穿越着云层。在经过暴风雨考验的胸膛保护下，它那颗心灵沉睡在甜蜜的厌倦中。周围一片寂静，只有远处传来低沉的声音；在高空中，在天顶上，有两颗明星在流着看不见的香脂。一声刺耳的叫声打破了寂静。那是送信人的喊声：“信！”

奥古斯托隐约看见了新的一天的光辉。

“我是在梦中还是醒着？”他问自己，同时用被子蒙住了脸。“我是鹰还是人？那个家伙说的什么？新的一天为我带来了什么消息？这个夜晚一场地震吞噬了科库比翁[①]吗？为什么不吞噬莱比锡呢？啊，概念的富有诗意的联系，品达式的混乱！世界是一个万花筒。逻辑是人造出来的。至高无上的艺术是偶然。那么，让我们再睡一会儿吧。”他在床上翻了一下身。

“信……！”卖醋的人！然后是一辆马车，接着是一

① 西班牙小城，在科鲁尼亚省内。

辆汽车，最后是几个男孩。

“不可能！”奥古斯托又自言自语起来。“这是生活，它回来了。爱情也随着它回来了……什么是爱情呢？难道不是这一切的流淌吗？不是厌倦的液汁吗？让我们想想欧亨尼娅吧。时间是合适的。”

他合上眼睛，打算想一下欧亨尼娅。想？

但是这种想念渐渐淡薄了，熔化了，不一会儿就变成了波尔卡舞曲，因为一架手摇风琴停在了窗外，在演奏。奥古斯托的心中回荡着舞曲的音符，不再想别的。

“世界的精华是音乐。”手摇风琴的最后一个音符结束的时候，奥古斯托想。“我的欧亨尼娅不也是音乐的吗？全部法则是一种旋律的法则，旋律就是爱情。神圣的明天，圣洁的日子，就这样使我发现了：爱情就是旋律。旋律的科学是数学；爱情的敏锐表现是音乐。表现不是爱情的实现。我们会相爱的！”

一阵敲门声打断了他的思索。

“请进！”

“你在叫人吗，少爷？”多明戈问。

“不错……早饭！”

他这次叫人至少比往常早一个半小时，但是他没有意识到这一点。他只要叫人，就是要吃早饭。尽管还不到时间。

“爱情提前和加速了食欲，”奥古斯托继续思索着。“应该为了爱而生活！是的，应该为生活而爱！”

他起床去吃饭。

“天气好吗，多明戈？”

“跟往常一样，少爷。”

“噢，对，不好也不坏。”

“正是！”

这是男仆人的理论，他也是有一套的。

奥古斯托擦了脸，梳了头，穿好衣服，准备出门。好像他也有了生活的目标，心里充满了生活的欢乐，虽说他是个忧郁的人。

他出门上了街。他的心情很快就不安起来。“奇怪，”他对自己说，“我见过她，早就认识她，是的，她的形象对我来说几乎是天生的！……我的妈，保护我吧！”当欧亨尼娅从他身旁走过的时候，他仍然对她致了意；与其说脱帽，不如说是用眼睛。

他几乎转身跟着她走，但是良好的理智和他要同看门妇交谈的愿望阻止了他。

“是她，对，是她，”他依然自言自语。“是她，正是她，几年来我一直在寻找她，虽然还不知道是她；她也在寻找我。我们不约而同地在互相靠近；我们是两个彼此补充的元素。家庭是社会的真正细胞。我不过是一个分子。天哪！科学多么富有诗意！母亲，我的母亲，你的儿子在你面前；

在天国给我忠告吧！欧亨尼娅，我的欧亨尼娅……！”

他四下里望了望，唯恐有人看他，因为他发现自己伸着双手。他对自己说：“爱情是一种使人陶醉的事，它会叫我们忘记自己。”

玛格丽塔的微笑使他回到了现实。回到了现实？

“喂，没有消息吗？”奥古斯托问她。

“没有，少爷。早着呢。”

“交给她信时她没有问您什么吗？”

“什么也没问。”

“那今天呢？”

“今天问了。她问了您的地址，问我是不是认识您，问您是什么人。她说少爷您忘了写您的地址。然后，她让我捎句话给您……”

“捎句话？什么话？快说！”

“她说要是您再到这儿来，要我告诉您她已经订婚了，她有未婚夫了。”

“她有什么未婚夫？”

“我也是这么问她，少爷。”

“没关系，我们不能罢休！”

“对，不能罢休。”

“您答应帮助我吗，玛格丽塔？”

“当然。”

“这样，我们必定能胜利！”

他离开那里，向杨树林荫道走去。他要到那里的绿荫下去冷却他的激动心情，去谛听鸟儿歌唱它们的爱情。他的心变绿了，长了翅膀的童年往事也像夜莺一样在他的心中歌唱起来。

特别是他对超升天国的母亲的回忆，就像一片融化了的甜蜜光辉洒在了其他往事上。

关于他父亲，他几乎不记得什么了；他父亲的形象仿佛一个神秘的影子消失在遥远的地方，也仿佛是一片血红的落日晚霞。之所以说血红，因为他很小的时候曾看见父亲身上满是吐出的鲜血，面色像死人一样。过去这么久了，他的心里依然回荡着母亲的那声“孩子！”的叫声。那个声音冲破了房间，不知是冲着奄奄一息的父亲喊，还是冲着奥古斯托喊。那时的他，面对死亡的神秘还毫无所知。

不久，他母亲就痛不欲生地把他搂在怀里，一声接一声地叫着“我的孩子！我的孩子！我的孩子！”，把火热的泪水洒在了他身上。奥古斯托也哭了。他紧紧地偎在母亲怀里，不敢转脸，也不敢离开母亲那昏暗的、不停地跳动的甜蜜怀抱，唯恐看见妖怪的那一对贪婪的眼睛。

母子俩就这样在哭泣和悲痛中度过了好几天，直到泪水流回了肚里，家里充满了忧愁。

这个家是甜蜜而温暖的。阳光透过绣着白花的薄窗帘射进来。扶手软椅像随着岁月变得孩子气的亲切的祖父祖母那样张着双臂。烟灰缸总是在原处放着，盛着他父亲吸的最后一支烟的烟灰。他父亲和母亲在结婚那天拍的合影挂在墙上。身材高的父亲坐着，一条腿搭在另一条腿上。皮靴的鞋舌露在外面。个子矮小的母亲站在他旁边，一只手放在丈夫的肩上。她的手又细又嫩，好像不是用来抓东西的，而是为了像鸽子那样栖息。

他母亲像一只小鸟儿一样不声不响地走来走去。她总是穿着黑衣服。脸上带着微笑，这是守寡之初总是挂在嘴角和发呆的眼睛周围的泪水的间歇。“我必须为你活着，奥古斯托，只为你一个人活着，”夜晚睡觉前母亲对他说。母亲用依然含着泪水的吻伴送他进入了梦乡。

他的生活就像甜蜜的梦一样。

每天晚上母亲总要为他读点什么。有时读圣人传，有时读儒勒·凡尔纳[①] 的小说或某一篇朴实的故事。母亲偶尔还笑一笑，笑声轻而甜，忘记了昔日的泪。

后来，奥古斯托进了中学，晚上母亲为他辅导。为了给他辅导，母亲也学习，学习世界史上一切希奇古怪的名字。她常常微笑着说：“天哪，人们干了多少野蛮的事情啊！”她还学数学，数学使这位温柔的女人更加感到惊讶。

---

① 儒勒·凡尔纳（1828—1905），法国作家。以写科学小说和地理小说著称。

“要是我母亲研究数学……”奥古斯托心里想。他想起了她演算二年级的一道方程时的兴趣。他母亲也学心理学，这是她最感到困难的。“干吗把问题弄得这么复杂！”她常常针对心理学说。她也学物理、化学和自然史。对自然史，她不喜欢的是书中那些给动物和植物起的古怪别号。生理学让她感到恐惧，她拒绝给儿子辅导这门课。只要看到那些表示心脏的插图或赤裸裸的肺脏，她丈夫悲惨死去的景象就出现在眼前。“这些东西太可恶了，孩子。”她对儿子说。“将来可别当医生。最好不要懂得体内的器官是怎么回事。”

奥古斯托毕业的时候，母亲把他搂在怀里，望着他的脸，泪汪汪地说：“要是你父亲还活着……！”然后让他坐在她的腿上，他已经是个大小伙子，觉得很难为情。但是母亲没有出声，只是让他这么坐着，同时默默地望着去世的丈夫的烟灰缸。

随后到来的是他的事业、广泛的交际和可怜的母亲看到儿子羽毛丰满而产生的忧伤。“我为了你，”她常对儿子说，“谁知道你为了哪个女人……人情就是如此，孩子。”奥古斯托被接受为律师的时候，母亲等他回到家就抓住他，用认真得可笑的方式吻了他的手，然后把他搂在怀里对他耳语说：“你父亲祝贺你，我的儿子！”

他母亲总是等儿子上床后亲他一下才去睡觉。他从来也不熬夜，他醒来时首先看到的就是他母亲。吃饭的时候也是儿子先吃，否则她是不吃的。

母子二人经常一块去散步，一起默默地往前走。母亲想着过世的丈夫，儿子想着首先引起他注意的东西。母亲总是对他唠叨同样的事情，日常的琐事，话题虽旧却很新鲜。许多次母亲是这样开头的："等你结婚的时候……"

每当一位美丽的姑娘，或者说好看的姑娘从他们身边走过，母亲就偷偷地瞟一下儿子。

一个秋天的下午，死神降临了。那个缓慢、严肃、愉快、无痛苦的死神蹑手蹑脚、不声不响地走进来，像候鸟一样不慌不忙地把她带走了。她死的时候，把手放在儿子的手里，眼睛望着儿子的眼睛。奥古斯托觉得她的手凉了，她的眼睛不动了。他激动地吻了一下她冰冷的手后放开了它，给她合上了眼睛。然后他跪在床前，回顾了那些始终如一的岁月的经历。

现在他来到杨树林荫道，听着鸟儿在头上啼叫。心里想着欧亨尼娅。欧亨尼娅有未婚夫。"我的儿啊，"母亲常这样对他说，"我担心的是你在生活的道路上遇到第一株刺梅的时候。"现在她要是在这儿让这第一株刺梅开花多好啊！

"倘若我母亲还活着，事情就好办了，"奥古斯托心想。"反正它不会比二年级的方程式困难。归根结底它不过是二年级的一道方程式。”

一阵虚弱的呻吟声打断了他的自言自语。好像是一头可怜的动物在哀叫。他四处查看，终于在绿色的灌木丛里发现一只可怜的小狗，好像在寻找出来的路。“可怜的小东西！”他说，“刚生下来就被丢在这儿。主人不忍心杀死它，就把它丢在这儿，让它饿死。”他抱起了它。

小狗崽寻找母亲的怀抱。奥古斯托站起来。一面往回走一面想:“如果欧亨尼娅知道这件事，将是对我的情敌的致命打击！她会怎样喜爱这只可怜的小狗啊！它漂亮，很漂亮。可怜的小家伙儿，一个劲儿地舔我的手！……”

“拿牛奶来，多明戈，快一点！”男仆人刚刚给他开了门，他就吩咐他说。

“现在你怎么想起买狗了，少爷？”

“不是买的，多明戈。这只小狗没有主，是只小野狗。是在路上碰到的。”

“啊，明白了，是被人遗弃的。”

“我们都是被遗弃的，多明戈。拿奶来。”

仆人给小狗拿来了奶，奥古斯托用一块海绵蘸着奶喂它。后来，奥古斯托让仆人为小狗买来一个奶瓶。他给它起了个名字叫“奥菲奥”，不知为什么，他自己也不知道。

奥菲奥后来成了他自言自语的密探，听到了他对欧亨尼娅的爱情的秘密。

“喂，奥菲奥，”他低声地对它说，“我们必须斗争。你说我该怎么办呀？要是我母亲看见你……不过，你等着吧，你一定会躺在欧亨尼娅的怀里，在她温柔之手的抚爱下睡觉的。现在我们该怎么办呢，奥菲奥？”

那一天的午饭是忧郁的，散步是忧郁的，象棋赛是忧郁的，夜里的睡梦也是忧郁的。

六

“我得想个办法，”奥古斯托在杨树林荫道58号门前踱步的时候对自己说，“事情不能再这样下去了。”

就在此刻，欧亨尼娅住的二层楼上打开了一扇窗子，一位瘦削的白发太太举着一只鸟笼出现在窗口。她想把笼子挂起来，让金丝雀晒晒太阳。但是挂笼子时一失手，笼子掉了下去。太太绝望地叫了一声：“啊，我的宝贝！”奥古斯托跑过去捡起笼子。可怜的金丝鸟吓得在笼子里乱飞。

奥古斯托提着鸟笼上了楼。金丝雀在笼子里乱飞，他的心在胸中咚咚地跳。太太在门口等着他。

“啊，谢谢，先生！”

“应该感谢您，太太。”

“我的宝贝！我的小宝贝！别飞了，安静点！”

“进来坐坐吧，先生。”

奥古斯托进去了。

太太把他带进客厅，对他说：“请等一下，我去把我的佩琼[1] 放好。”让他自己待在客厅里。

这时，一位老先生走进客厅。他肯定是欧亨尼娅的姑夫。戴着烟色的眼镜，头上是一顶土耳其帽。他向奥古斯托走来，坐在他旁边对他说：

“你不相信有了世界语,世界和平会很快到来吗？”(他说的是世界语。)

奥古斯托想逃走，但是对欧亨尼娅的爱拦住了他。老先生仍然用世界语谈着。

奥古斯托终于大胆地说：

“您的话我一句也不懂，先生。”

“他肯定是用那种难懂的所谓世界语跟您讲话，”这时刚巧走进来的姑妈说。然后又对她丈夫说：“费尔明，就是这位先生给捡起了鸟笼。”

“我用世界语对你讲话的时候，我跟你一样听得懂你的话，”她丈夫回答她说。

“这位先生为我捡起了可怜的佩琼，并费心给我送了上来。您，”她转身对奥古斯托说：“您贵姓？……”

“太太，我叫奥古斯托·佩雷斯，佩雷斯·罗维拉的亡妻之子。你可能认识她。”

“堂娜索莱达德吗？”

“不错，就是堂娜索莱达德。”

① 即她的小宝贝金丝鸟。

“那位善良的太太，我很了解。她是个寡妇，一位模范母亲。我真为您感到高兴。”

“我感到高兴的是金丝鸟坠楼的幸运事件使我认识了你们。”

“幸运！您认为这个事件幸运？”

“对我来说是幸运的。”

“谢谢，先生，”堂费尔明说。“人和他的事情都受费解的法则支配。然而，对这种法则，人是能够预见的。亲爱的先生，我几乎对一切事物拥有独特的看法……”

“把你那一套收起来吧，老东西，”姑妈叫道。“您怎么那样及时去救佩琼的？”

“我不瞒着您，太太，我把心都掏给您。因为我正在盯着你们的家。”

“我们的家？”

“是的，太太。你们有一位迷人的侄女。”

“我明白了，先生。不错，不错，是个幸运的事件。看来有的金丝鸟是受上帝保佑的。”

“谁认识通向上帝的道路？”堂费尔明说。

“我认识，老东西，我！”他老婆叫起来；又对奥古斯托说：“我们的家门为您开着……不必客气！您是堂娜索莱达德的儿子嘛……这样下去，您将帮助我把这个丫头脑袋里的一切怪毛病改掉……”

“是任性吗？”堂费尔明插了一句。

“住嘴，老东西，关心你的无政府主义去吧。”

“无政府主义？”奥古斯托叫道。

堂费尔明的脸上闪起得意的光辉。他用自己最柔和的声调说：

“是的，先生，我是无政府主义者，神秘的无政府主义者。不过，是理论上的，你要听明白，是理论上的。你不要害怕，朋友。”说到这儿，他亲切地把手放在他的腿上。“我不会扔炸弹的。我的无政府主义纯粹是精神上的。因为我，我的朋友，因为我几乎对一切事物有自己的看法……”

“您，也是无政府主义吗？”奥古斯托问姑妈，想跟她说句话。

“我？这种事是胡闹，是不要指挥；要是没有人指挥，谁去服从？您不明白这是不可能的吗？”

“不可能……是因为那些人缺乏信心……”堂费尔明说。

姑妈打断他的话：

“我说，堂奥古斯托先生，我们说完了。我认为您是个杰出的人，有很好的教养，家庭体面，财产比一般人多……没说的，从今天起您就是我的候选人了。”

“太荣幸了，太太……”

“是的，必须让那个丫头明白。她并不是个坏孩子，这您知道，但是她太任性了……此外，她是娇生惯养长大的！……当我那不幸的哥哥遭难的时候……”

“遭难？”奥古斯托问。

“是的。这件事都已知道。没有必要对您隐瞒了。在一次极其不幸的股票交易后，欧亨尼娅的父亲把全部财产做了抵押，然后自杀了。可怜的姑娘为了赎抵押的财产拼命工作。您想想看，她宁肯教六十年的钢琴课。”

奥古斯托立刻感受到一种高尚而英雄的精神。

“姑娘倒不坏，”姑妈接着说，“只是太叫人难理解了。”

“你们要是懂得世界语就好了。”

“我们用不着世界语。莫非我们的语言没有用，需要你拿另一种语言不成？……”

“太太，”奥古斯托说，“您不相信只存在一种语言是好事吗？”

“对，对！”堂费尔明得意地叫起来。

“是的，先生，”姑妈坚决地说。“只存在一种语言：西班牙语。至多再有巴勃莱语[①]，好对不理智的女佣人们讲话。”

欧亨尼娅的姑妈是阿斯图里亚斯人，有一个阿斯图里亚斯女佣人，她用巴勃莱语责备她。

---

① 西班牙阿斯图里亚斯地区的方言。

“现在如果从理论上讲的话，”她又说，“存在一种语言我不认为是坏事，因为在理论上我丈夫甚至反对男女结婚。”

“二位主人，”奥古斯托站起来说，“可能我打搅你们了……”

“一点儿也谈不上，先生，”姑妈回答他说。“我们已经说定，您一定要再来我们家。我告诉您了，您是我的候选人。”

欧亨尼娅刚回到家，姑妈就对她说：

“欧亨尼娅，你知道谁来我们家了？堂奥古斯托·佩雷斯。”

“奥古斯托·佩雷斯……奥古斯托·佩雷斯……啊，对！谁把他引进来的？”

“我的金丝鸟佩琼。”

“他来干什么？”

“还用问吗！为了你呗。”

“为了我，怎么又说是金丝鸟引来的呢？我不明白。你讲话比费尔明姑夫讲世界语还难懂。”

“真的是为了你，他是个很年轻的小伙儿，长得不难看，仪表堂堂，很有教养，彬彬有礼，更重要的是他很有钱，孩子，他很有钱……”

“管他有钱没钱哪……我现在做工作，不是为了要把自己卖给别人。”

“谁说要卖你来着？脾气倒不小！”

“得了，得了，姑妈，我们不开玩笑了。”

“等你看见他，孩子，等你看见他，你一定会改变看法的。”

“不见得……”

“话不可说过，事不可做绝。”

“通向上帝的道路是神秘的！”堂费尔明叫道，“上帝……”

“我说，老东西，”他老婆反驳他说，“上帝怎么会同情无政府主义呢？我对你讲过千百次了。如果不需要指挥者的话，要上帝干什么呢？”

“老伴儿，我也对你讲过千百次了，我的无政府主义是神秘的，是一种神秘的无政府主义。上帝的统治跟人的统治不是一回事。上帝也是个无政府主义者。上帝不统治，而是……”

“听从，对吗？”

“你说得太对了，老伴儿，太对了。是上帝给了你启示。你过来！”

他抓着他老伴儿，看了看她的前额，吹了一下额前鬈曲的白发，说：

“上帝给了你灵感。是的，上帝是听从……听从。”

“是的，在理论上是这样，对吗？你，欧亨尼娅，别发呆了，你面临着不寻常的选择。”

“姑妈，我也是个无政府主义者，不过，跟费尔明姑夫的不同，不是神秘的。”

“好了，到此为止吧！”姑妈结束说。

七

“喂，奥菲奥！”奥古斯托回到家后给小狗喂奶的时候说，“喂，奥菲奥！我迈出了重要的一步，决定性的一步：我去了她家，去了她家，进了圣殿。你明白什么是决定性的一步吗？命运之风推动着我们。我们迈出的每一步都是决定性的。我们的？那都是我们的步伐？我的奥菲奥，我们走进一片乱糟糟没有道路的野生丛林，脚下的路是我们凭着运气用脚走出来的。有人说可以凭着一颗星辨方向，我却相信凭着一颗双星。这颗星不过是通向上天的道路的投影，通向运气的道路的投影。

“决定性的一步！告诉我，奥菲奥，干吗需要有上帝、有世界呢？干吗非得有什么东西不可呢？你不认为这种需要论不过是偶然性在我们头脑中的最高表现形式吗？

“欧亨尼娅从哪里冒出来的呢？她是我创造的还是我是她创造的呢？不然我们就是彼此相互创造的呢？难道不是一切创造了每件事物，每件事物创造了一切吗？创造是什么呢？你是什么，奥菲奥？我又是什么呢？

“我不止一次地这样想，奥菲奥，我什么也不是，在街上走的时候我想，别人看不见我。有时我还这样幻想；别人看见的我不同于我自己看见的我。当我相信自己小心谨慎、严肃认真走路的时候，却不知不觉地在出洋相，别人看见不禁大笑，嘲笑我。你没有碰到过这种事情吗，奥菲奥？可能没有，因为你还年轻，没有生活经验，再说，你又是狗。

“不过，请告诉我，奥菲奥，有一些人认为自己是狗，你们这些狗不曾相信自己是人吗？

“这是什么生活哟，奥菲奥！特别是我母亲死后，这是什么生活！一个小时又一个小时地熬着时光；对未来一无所知。当我现在模模糊糊看见未来的时候，我觉得它又要变成过去。对我来说，欧亨尼娅几乎变成了回忆。这些天……这一天，这永恒的一天，在厌倦的雾中滑动。今天像昨天，明天也会像今天。你瞧，奥菲奥，你瞧我父亲留在那个烟灰缸里的烟灰。

“奥菲奥，这是永恒的显现，可怕的永恒的显现。当人孤独地生活，看不见未来和幻想的时候，永恒的可怕深渊就会呈现在他面前。永恒不是未来。我们死的时候，死神将让我们原地向后转，走向后方，走向过去，走向失去的东西。就这样没完没了地绕着我们命运的线桄儿，破坏着在永恒中形成的全部无限，走向乌有，永远达不到尽头，因为根本没有尽头。

“在我们存在的水流之下和之中，有另一条相反的水流：前者是从昨天到明天，后者则是从明天到昨天。一边织一边拆。偶尔从另一个世界，从我们世界的内部传来呵气，哈气，甚至神秘的声音。历史的内脏是一种反历史，是同历史的发展方向相反的过程。地下河从大海流向发源地。

“现在，在我孤独的天空上闪耀着欧亨尼娅的一双眼睛。它们含着我母亲的泪水对我闪耀。它们使我相信我是存在的。多甜蜜的幻想啊！ Amo，ergo sum！[①] 奥菲奥，这种爱情就像慈悲的雨，生存之雾在其中消散和凝结。多亏爱情，我才感觉到，触摸到胸中的灵魂；也是由于爱情，奥菲奥，灵魂开始从根本上使我感到痛苦。灵魂本身如果不是爱情，不是切身的痛苦，又是什么呢？

“岁月一天天到来，一天天又流逝，爱情却保存下来。在深处，很深的深处，在事物的内脏里，这个世界的水流和另一个世界的相反的水流彼此相交，彼此摩擦。就是在这种交叉和摩擦中产生了最深切、最甜蜜的痛苦：生活的痛苦。

“奥菲奥，你看那分经器，看那些经线，看纬线怎样靠梭子穿来穿去，看那些线桄子怎么地跳动；不过，请告

① 拉丁文，意为：“我爱，我就存在。”

诉我，我们生活的布轴在哪里？在哪里呢？”

奥菲奥从没有见过织布机，要它明白主人的话是很难的。不过，在他讲话的时候，它一直望着他的眼睛，猜得出他的心情。

八

奥古斯托坐在椅子上，浑身发抖，觉得像坐在电椅上；他疯狂地渴望从椅子上站起来，在客厅里踱步，在空中挥动双臂，大叫大喊，像竞技场上那样发疯，忘记自己的存在。无论欧亨尼娅的姑妈堂娜艾梅林达，还是她丈夫、神秘的理论上的无政府主义者堂费尔明，都不能够使他回到现实中来。

"是的，堂奥古斯托，"堂娜艾梅林达说，"我认为这样做最好，请等一下，她很快就会回来的；她回来后我叫她过来，你们见见面，认识一下。这是第一步。这一类的事情总是得从认识开始，不是吗？"

"不错，太太，"奥古斯托说，仿佛在另一个世界讲话。"第一步是见面和认识……"

"我相信，只要她认识了您，事情就清楚了！"

"不会那么清楚，"堂费尔明反驳她说。"通向上帝的道路永远是神秘的……关于结婚前是不是需要或应该先认识的问题，我的看法不同……我持有异议……最有效的认识是婚后的了解。我早就对你讲过，我的爱妻，什么叫认识圣经上写着呢。相信我的理解吧，除了圣经上讲的那种深刻认识，不存在任何实质性的真正的认识……”

“住口，老东西，住口吧，不要胡说八道！”

“认识，艾梅林达……”

这时，门铃响了……

“她回来了！”姑夫用神秘的声音叫道。

奥古斯托觉得一阵炽热的巨浪从地板上传入他的身体，冲向他的头颅，然后消散在头顶上，他的心房在胸中怦怦地跳起来。

传来了开门声和匆匆的、有节奏的脚步声。不知为什么，奥古斯托觉得心情忽然平静了。

“我去叫她，”堂费尔明说，想站起来。

“不，绝不可以！”堂娜艾梅林达叫道。随即把女佣人唤了来，对她说：

“去告诉欧亨尼娅小姐，让她到这儿来。”

接着是一阵沉默。好像约定了似的，谁也不吭声。奥古斯托心里想：“我能够经受住吗？当她那双眼睛出现在门口的时候，我的脸不会像虞美人那么红或像百合那么白吗？我的心房不会爆炸吗？”

他听见一阵轻微的响声，就如鸽子起飞的声音，接着是一个短促的“啊！”声。欧亨尼娅出现了。一张面孔充满了生气，清瘦的身躯似乎没有重量，一双眼睛发射着新的神秘的精神光芒，奥古斯托觉得自己心情平静，非常平静。他像钉在坐位上，仿佛位子上长出来的植物，一种草木，忘记了自己，着迷地盯着那双眼睛射出来的神秘的精神光芒。只是听到堂娜艾梅林达向侄女说“这是我们的朋友堂奥古斯托·佩雷斯……”时，他才醒来，站起身想微笑。

“你看，这是我们的朋友堂奥古斯托·佩雷斯，他想认识你……”

“捡鸟笼的那一位？”欧亨尼娅问。

“是，捡鸟笼的，小姐，”奥古斯托回答，同时向她走去，把手伸给她。心想：“她的手一定烫人。”

其实不然。她的手又白又冷，像雪那么白，也像雪那么冷。她的手碰到他的手时，他觉得她全身上下似乎都流动着冷静的血液。

欧亨尼娅落座了。

“这位先生……”钢琴女教师开口了。

奥古斯托立刻想道：“这位先生……这位先生……这位先生！她称我先生！这个兆头不妙！”

“孩子，这位先生由于一次幸运的事件……”

“不错，金丝鸟事件。”

“通向上天的道路是神秘的，”无政府主义者断言。

“我是说，这位先生由于一次幸运的事件认识了我们，原来他是我有所了解并非常尊敬的一位太太的儿子；这位先生既然已经是我们家的朋友，他就想认识你，欧亨尼娅。”

“而且敬佩！”奥古斯托补充一句。

“敬佩我？”欧亨尼娅叫道。

“是的，你是个钢琴手！”

“啊，是这样！”

“小姐，我知道你非常热爱艺术……”

“艺术？什么艺术？音乐吗？”

“当然！”

“哼，你受骗了，堂奥古斯托！”

奥古斯托想：“堂奥古斯托！堂奥古斯托！堂！……这个堂是个多坏的兆头啊！就像称我先生一样不吉利！”然后他大声问她。

“难道你不喜欢音乐？”

“半点儿也不喜欢，我对你起誓。”

奥古斯托想：“利杜维娜说得对。她结婚后要是丈夫能够养活她，她就不弹钢琴了。”然后大声对欧亨尼娅说：

“人们都说你是一位杰出的女教师……”

“我尽可能把我的工作做得更好一些，此外我也得靠这个挣钱糊口……”

“说到必须挣钱糊口……”堂费尔明说。

“得了，不用你多嘴，”姑妈说，“堂奥古斯托先生全清楚……”

“全清楚？是什么？”欧亨尼娅粗暴地问，同时忽地站起来。

“是的，关于抵押的财产……”

“怎么回事？”侄女站着叫道，“这到底怎么回事？这出戏是什么意思？这位先生来干吗？”

“我对你讲过了，侄女，这位先生想认识你……不要这么着急……”

“但是有些事情……”

“原谅你的姑妈吧，小姐，”奥古斯托站起来恳求说，姑妈夫妇也跟着祈求。“不是为了别的……至于抵押的问题和你的忘我精神以及对工作的热爱，我没有向你姑妈打听过任何使我感兴趣的事情。我……”

“是的，你只是在给我写了一封信后没几天又捡鸟笼来了……”

“不错，我不否认。”

“很好，先生，关于那封信，我高兴的时候会给你回答的，我的事谁也别想强迫。现在我还是离开这儿好。”

“好，好极了！”堂费尔明叫起来。“这就是完美和自由！这才是未来的女性！这样的女人必须用拳头才能征服，佩雷斯朋友，用拳头！”

“小姐！”奥古斯托走到她面前央求说。

“你是对的，”欧亨尼娅说，同时把手伸给他表示再见。她的手还是像雪那么白，那么冷。

当她转身走出客厅，发出神秘的精神光芒的那双眼睛随之消失的时候，奥古斯托觉得热浪传遍他的全身，心房在胸中剧烈跳动，脑袋仿佛要爆炸了。

“你不舒服吗？”堂费尔明问他。

“这是什么姑娘，天哪，这是什么姑娘哟！”堂娜艾梅林达唉声叹气。

“可敬的姑娘！庄严的姑娘！英勇的姑娘！一位女性！一位真正的女性！”奥古斯托说。

“一点不错，”姑夫附和说。

“对不起，堂奥古斯托先生，对不起。”姑妈连声说。“这孩子是个小刺头，想不到她会这样！……”

“但是我很高兴，太太，我很高兴！这种强烈的独立性是我最喜欢的！我需要的正是这样的女性，这样的女性，这样的女性，而不是别样的女性！”

“对，佩雷斯先生，”无政府主义者宣称，“这才是未来的女性！”

“我呢？”堂娜艾梅林达问他。

“你！过时的女性！我认为这样的女性才是未来的女性！当然，她没有白听我每天关于未来社会和未来女性的演说；也没有白听我关于不扔炸弹的……无政府主义的解放学说的反复讲述！”

“可是我相信，”姑妈怏怏不乐地说，“这个疯丫头什么也不怕，甚至敢扔炸弹！”

“扔炸弹我也喜欢……”奥古斯托说。

“不会的！她不会扔的！”姑夫说。

“那有什么关系？”

“堂奥古斯托！堂奥古斯托！”

“我认为，”姑妈又说，“您不应该为刚才发生的这件事放弃您的意图……”

“当然不！这样我会更敬佩她。”

“那您就去征服她吧！您知道，我们是支持您的，您可以随便到我家来，不管欧亨尼娅喜欢不喜欢您。”

“我说，老伴儿，她并没有对堂奥古斯托的光临表示不快嘛！……必须用拳头赢得她，我的朋友，用拳头！你会了解她的，会知道她的性格的。堂奥古斯托，她是个真正的女性，要用拳头赢得她，要用拳头。你不想了解她吗？”

“想，不过……”

“我理解，我理解。不管怎样，你也得斗争，我的朋友！”

“是，是。现在，再见吧！”

堂费尔明把他拉到一边，说：

“我忘了告诉你，你给欧亨尼娅写信的时候，名字中的字母 g 要用 j，写为 Eujenia。德尔·阿科中的 c 要用 k，即 Eujenia Domingo del Arko[①]。”

“为什么？”

“因为在世界语成为全人类的唯一语言的快乐日子到来之前，西班牙语必须用表音文字书写。绝不能用 c。要同字母 c 开战。za、ze、zi、zo、zu，都用字母 z；ka、ke、ki、ko、ku，都用 k。并且要废除 h！ h 是荒唐的，反动的，专断的，中世纪的，落后的！要同 h 宣战！”

“这么说您也是一位语音学家了？”

“也是？为什么说也是？”

“因为您本是无政府主义者和世界语学者……”

“全都是一回事，先生，都是一回事。无政府主义、世界语运动、招魂术、素食主义……全是一回事！必须反对权力！反对语言分裂！反对 h！再见！”

再见后，奥古斯托来到街上，他如释重负，既轻松又愉快，他从没有设想过自己的心情会发生什么变化。他们第一次平静地见了面，而且相距咫尺。欧亨尼娅以那种方式出现在他面前，他并不感到恼火。相反地，这使他的热情更高了，精神更振奋了，他觉得世界更宽广了，空气更纯洁了，天空更蓝了。他仿佛头一次呼吸。他母亲的那句话：“结婚吧！”在他的耳朵眼儿里欢唱。他觉得从他身边走过的女人几乎都是美丽的，许多女人非常漂亮，没有一

① 她的名字原为 Eugenia Domingo del Arco。

个丑的。对他来说，世界仿佛被那两颗在蓝天之上、直观的天穹之外闪光的、看不见的星星发出的新的神秘光辉照亮了，他开始认识世界，不知怎么，他想到了将肉欲罪孽同我们的第一对父母品尝善恶树的果实之罪庸俗混淆的深刻根源。

然后他又思索了堂费尔明关于知识来源的理论。

他进了家门。奥菲奥向他跑来的时候，他抱起它，抚摩着它说："从今天起我们过新生活了，奥菲奥。你不觉得世界更大了，空气更纯洁了，天空更蓝了吗？啊，当你看见她，认识她的时候！……你将体会到你仅仅是一只狗的痛苦，正如我感到仅仅是一个人的痛苦一样。告诉我，奥菲奥，如果你们不犯罪，如果你们的认识不是罪孽，你们怎么能够认识呢？不是罪孽的认识就不是这样的认识，是不合理的。"

他的忠实的利杜维娜为他端饭的时候，老瞧他的脸。

"你瞧我干什么？"奥古斯托问。

"我发现你好像变了。"

"你怎么知道？"

"少爷的脸色不同往常。"

"真的吗？"

"当然，怎么，跟钢琴女教师的事有门了？"

"利杜维娜！利杜维娜！"

“好，好，少爷。不过，我对你的幸福很关心！”

“天晓得幸福是什么东西呀？……”

“是啊。”

两个人盯着地板，好像幸福的秘密藏在地板下。

九

第二天，欧亨尼娅在一间门房的小房间里同一个青年交谈，看门妇悄悄地到门外乘凉去了。

“这件事应该结束了，毛里西奥，”欧亨尼娅说。“我们不能这样下去了，特别是在我告诉你昨天发生的事情后。”

“可是，你不是说那个求婚者是个心不在焉的可怜傻瓜吗？”叫毛里西奥的青年说。

“不错，但是他有钱，我姑妈是不会让我安宁的。说实话，我不愿意让任何人难堪，也不希望别人找我的麻烦。”

“把他赶走得了。”

“从哪里？从我姑妈家吗？他们要是不高兴呢？”

“你别理他嘛！”

“我不理他，也不想理他，可是那个可怜虫总是在我在家的时候来我家。你很清楚，这种事绝不是闭门不出，拒绝见他能够解决的。要是不让他见我，他就会暗暗地难受。”

“让他难受好了。”

“不，什么样的乞求者我也抵受不住，更抵抗不了那些用眼睛乞求的人。你要是看见他望我的目光就明白了！”

“你动心了？”

“他老缠着我。其实，我为什么不能对你讲呢？是的，我动心了。”

“不害怕吗？”

“哼，别胡说了！我什么也不怕。我心里只有你。”

“我知道！”毛里西奥非常自信地说，同时把一只手搭在欧亨尼娅的膝头上。

“你必须下决心，毛里西奥。”

“干什么？亲爱的，干什么？”

“还能干什么呢，亲爱的？还能干什么呢？我们马上结婚吧！”

“我们以后靠什么生活？”

“在你找到事以前靠我的工作。”

“靠你的工作？”

“是的，靠可恶的音乐！”

“靠你的工作生活？这可不行！绝对不行！绝对！无论如何我也不能靠你的工作生活！我必须找工作，继续找工作。再等一等吧……”

“等等等！……我们会一年年老的！”欧亨尼娅叫起

来，同时用毛里西奥放着手的那条腿的脚跺着地。

毛里西奥感觉到他那只手随着她的腿跳动，就把手撤回来。但是又把手搭在她的脖子上，手里摆弄着未婚妻的一个耳坠儿。欧亨尼娅没有在乎。

“我说，欧亨尼娅，要是你愿意的话，为了开心，你可以给那个傻瓜个好脸看。”

“毛里西奥！”

“好，好，你别生气，我的宝贝！”他用手臂把欧亨尼娅的头搂过来，找到她的嘴接了吻。他闭着眼睛，两张湿润的嘴默默地吻了很久。

“毛里西奥！”

然后，他又亲了她的眼睛。

“不能这样下去了，毛里西奥！”

“什么？还有比这样更好的吗？你认为我们永远不能过得更好吗？”

“听我说，毛里西奥，事情不能这样下去了。你必须找个工作，我讨厌音乐。”

可怜的姑娘虽然不清楚为什么，但是她模模糊糊地感到，音乐是一种永恒的准备，为着某种永远达不到的事情做的准备；音乐也是一种永恒的开始，只有开始，没有结束。她对音乐厌倦了。

“我要找工作，欧亨尼娅，一定找。”

"你总是这么说，可我们的情况依然如故。"

"因为你认为……"

"因为我知道你事实上不过是个懒汉，等着我去为你找工作。当然，对男人们来说，等待是不那么费力气的！……"

"这是你的看法……"

"对，很对。我知道我说的是什么。现在我再对你说一遍：我不愿意看见堂奥古斯托少爷那一双乞求的眼睛。他的眼睛就像一条饿狗的眼睛……"

"别胡思乱想了，小妞！"

"现在，"欧亨尼娅站起来，用手把他推开，"你现在最需要的是平静，是清醒！"

"欧亨尼娅！欧亨尼娅！"毛里西奥用单调的、近乎热烈的声音对着她的耳朵说，"要是你愿意……"

"应该对你自己说，毛里西奥。干脆说吧，你要是个男子汉，就去找工作，马上下决心；不然的话，就只能靠我的工作。你必须迅速下决心。否则……"

"否则什么？"

"没什么！这种情况必须结束！"

没等他回答，她就离开门房的小房间。从看门妇旁边走过时，她说：

"玛尔塔太太，你侄子在那间屋里。去告诉他，他必须当机立断。"

欧亨尼娅高高地昂着头出了街门，此刻的街旁，一架手摇风琴正在演奏一支波尔卡舞曲。旋律强烈而狂热。“真可怕！真可怕！”姑娘说。她不是走，而是跑：顺着街跑去。

十

那次去欧亨尼娅家拜访后的第二天，就在欧亨尼娅在门房里指责他未婚夫对待爱情的怠慢态度的时候，奥古斯托想把自己的心事讲给人听，就去娱乐场找他的老朋友维克多。

他觉得自己变成了另一个奥古斯托。那次拜访和那个强有力的女子——她的眼睛里涌流着青春的活力——的谈吐仿佛打开了他的心扉，照亮了他心中的一眼一直隐藏着的清泉，他的脚步更加有力，呼吸更加自由。

“我的生活终于有了目的，有了目标，这就是征服这个姑娘，或者被她征服。反正一样。在爱情上，征服和被征服是一样的。啊，不……不！对我来说，被征服就是被另一个男人征服。是的，被另一个男人，因为中间有另一个男人，毫无疑问。另一个男人？另一个什么？难道我也是一个？我是一个追求者，一个求婚者，可是另一个……我认为另一个既不是追求者，也不是求婚者；他既不追求也不请求，因为他已经得到了。当然，他得到的只是甜蜜的欧亨尼娅的爱情。没有别的吗……？”

这时，一个丰满、健康、快活的女子从他身旁走过，打断了他的自言自语，吸引了他的注意力。他一面继续自言自语，一面几乎机械地跟着那位女子走去：

“多美丽啊！这一位和那一位，这一个和另一个。也许另一个男人没有追求和请求，而是受到了追求和请求；也许他们彼此并不般配……不过，这个姑娘多愉快啊！她那双眼睛从哪里来的呢？几乎跟另一双眼睛，跟欧亨尼娅的眼睛一样！要是在女人的怀抱里忘记生和死该多甜蜜啊！像浮在肉的波浪上一样沉浸在女人的怀抱里多美啊！可是另一个男人……他不是欧亨尼娅的未婚夫，他不是她所爱的那个人；她所爱的人是我。是的，我是她所爱的人；我是她爱的人！”

当他推断出他是她所爱的人这个结论时，他所跟踪的那个女人进了家门。奥古斯托停下来望着那座房子。这才意识到他是跟随她来的。他想了半天才想起来，他本来是想去娱乐场，该走去娱乐场的路上的。他又自言自语起来：

“天哪！世界上的美丽女子有多少啊！几乎都是美丽的。谢谢，上帝，谢谢！Gratias agimus tibi propter magnam gloriam tuam！[①] 上帝啊，女人的美丽就是你的荣耀！可是，天哪，多么亮的头发啊！那是多么亮的头发啊！”

---

① 拉丁文，意为：“为了你的伟大荣耀，我们感谢你。”

不错，那个女仆的头发是光亮的。这时她挎着篮子从他身边走过，他又跟着她走去。光辉似乎潜藏在她那金色的头发里。那些头发仿佛在竭力摆脱发辫，飘散到新鲜而明净的空气中去。头发下面的整个面孔满是笑容。

“我是她爱的人，我是她爱的人，”奥古斯托一面尾随着挎篮子的姑娘，一面继续自言自语。“难道没有另一个女人吗？是的，有喜欢别的男人的女人。但是像这一个，像她这样的独一无二的女人，却没有哪个女人能比！没有一个能比！其他一切女人只不过是她，是这一个，唯一的一个，我的温柔的欧亨尼娅的复制品！我的？是的，我要按照我的思想和愿望让她属于我。他，另一个，就是那一个，可能从形体上占有她；但是她那双眼睛的神秘的精神光芒是我的，我的！我的！那些金色的头发不也是反射着神秘的精神光芒吗？只有一个欧亨尼娅还是两个：一个我的，一个她未婚夫的呢？如果有两个的话，那就他要他的，我要我的。当痛苦（特别是夜晚）涌上心头的时候，当不知为什么渴望哭泣的时候，用那些金发蒙住我的脸、嘴和眼睛，呼吸透过金发溢出来的香气，该是多幸福啊！可是……”

他突然站住了。原来挎篮子的姑娘已经停下来跟一位女友说话。他犹豫了片刻，心想：“嘿，自从我认识欧亨尼娅后，我碰到这么多美丽的女人！……”他转身向娱乐场走去。

“如果她一定要喜欢另一个，就是说那一个，我就要采取一种英雄的决定，采取一种行动，这种行动由于宽宏大量而使人惊讶。不管她爱我不爱我，首先是决不能让抵押的问题这样继续下去！”

一阵仿佛来自宁静天空的令人愉快的爆发声打断了他的自言自语。原来两个姑娘在他旁边大笑。她们的笑声像花丛里的两只鸟儿的啼叫声。他用他那两只渴望美丽的眼睛盯了一会儿那两个姑娘，他觉得她们变成了一个胚体。她们在挽着胳膊并行。他心里涌出了一股拦住她们的强烈愿望，他渴望挎着她们的胳膊望着天空向前走，任凭生活之风把他们吹到哪里去。

“自从我认识欧亨尼娅，我碰到多少美丽的女人啊！”他一面跟着那两个格格笑的姑娘走，一面自言自语。“我简直像进了天国！多迷人的眼睛！多美的头发！多悦耳的笑声！一位是金发姑娘，一位是黑发姑娘；不过，哪一个是金发的？哪一个是黑发的呢？我分不清了！……”

“喂，老弟，你是醒着还是睡着呀？”

“噢，你好，维克多。”

“我本来在娱乐场等你，可是你老不来……”

“我正要去那儿。”

“去那儿？怎么到这儿来了？你疯了吗？”

“噢，你说对了。来，我把我的事讲给你听。我想我对你提过欧亨尼娅了。”

“弹钢琴的那一位？不错。”

“那好。我发疯地爱上了她，就像一个……”

“是的，就像一个情人那样。接着讲吧。”

“我疯了，老兄，我疯了。昨天，我借口去看她的姑夫姑母，在她家看见了她；我看见了她……”

“她也看见了你，不是吗？你相信上帝嘛！”

“不，不是她看见了我，而是用她的目光包围了我；不是我相信上帝，而是我认为自己是上帝。”

“她把你迷住了，老弟……”

“尽管她不驯服！不过我不明白这几天我到底怎么了：我觉得我看到的一切女人几乎全是美丽的。我从家里出来后可能还不到半小时，我就爱上了三个。噢，不，是四个。第一个，眼睛非常迷人；第二个，头发闪着金光；再就是刚才那两个姑娘：一个金发，一个黑发。她们像天使一样笑着！这四个，我都跟了半天。这到底是怎么回事呢？”

“亲爱的奥古斯托，这是因为你的爱情本来在你的心灵深处沉睡，没有受到激发；遇到弹钢琴的欧亨尼娅后，你受到震动，你的爱情沉睡的湖水被她的眼睛搅乱了，于是你的爱情醒来了，冒出了湖面；由于它很汹涌，就四处漫溢。当像你这样的男人真的爱上一个女人时，同时也就觉得其他女人也是可爱的。”

“我还以为一切都会相反呢……不过，请等一下，你看，那个女人头发多黑！黑亮黑亮的！人们讲得对，黑东西吸光力最强！你没有看见她的头发和漆黑的眼睛里隐藏着多么明亮的光辉吗？我们跟她去吧……”

“你要是愿意……”

“啊，好，我本以为一切都会相反；以为一个人真的萌发了爱情时，他的爱情不是四处漫溢，而是集中在一个女人身上。以为他会觉得其他一切女人似乎不算什么，也不值什么……可是，你瞧！你瞧那洒在她那黑头发上的阳光！”

“不，你听我讲，也许我可以让你明白。你爱上了一个女人，当然是抽象的，不是这个也不是那个；看到欧亨尼娅后，抽象的东西就具体了。抽象的女人变成了具体的女人，你就爱上了她。现在你又看到了几乎所有的女人，就觉得全体女人都是可爱的。你已经从抽象过渡到具体，从具体发展到全体，从抽象女人过渡到具体女人，从一个女人发展到所有的女人。”

“好一派抽象论！”

“爱情不是抽象是什么？”

“得了吧！”

“特别是你的情况，因为你的全部爱情不过是精神上的，或者像人们通常讲的，是头脑中的。”

“这只是你的看法……”奥古斯托叫起来，像被蜇了一下，有点恼火，因为“他的爱情不过是头脑中的”这句话刺疼了他的心灵，他感到不快。

“你要是这么固执，我就告诉你：你本人也不过是一种纯粹的思想，一种虚假的存在……”

“难道你不相信我像别人一样真的爱上了吗？……”

“我相信，你是真的爱上了。不过，只是头脑中的，你认为自己爱上了……”

“一个人爱上了不是认为自己爱上了又是什么？”

“嗐嗐嗐，伙计，这要比你想象的还复杂！……”

“你说，怎么会知道一个人爱上了只是认为爱上了呢？”

“伙计，我们换个话题吧，不谈这个了。”

后来，奥古斯托回家了。回到家就把奥菲奥抱起来对它说：“喂，我的奥菲奥，你说说看，什么叫爱上了，什么叫认为爱上了？我是爱上了还是没有爱上欧亨尼娅呢？难道看到她时我的心房没有跳动，我的血液没有沸腾吗？难道我跟其他男人不一样吗？奥菲奥，我必须向他们证明我跟他们一样！”

吃晚饭的时候，他面对面地望着利杜维娜，问她：

“你说，利杜维娜，怎么知道一个人真的爱上了呢？”

“你提的这个问题真新鲜，少爷！……”

“喂，你说嘛，怎么知道呀？”

“怎么知道……要看他是不是老说傻话，做蠢事。一个男人真的爱上时，他会为了一个女人昏头昏脑，不再是个男人。”

“那他是什么呢？”

“是……是……是……一种东西，一种小动物……一个女人可以任意左右他。”

“这么说，一个女人真的爱上一个男人时，她也会像你讲的那样昏头昏脑，男人可以任意左右她了？”

“情况不完全一样。”

“怎么？怎么？”

“这个问题很难讲清楚，少爷。不过，你真的爱上了吗？”

“这正是我想搞清楚的问题。不过。蠢话我还一句也没有说，蠢事也一桩没有做……我觉得……”

利杜维娜沉默了。奥古斯托心想：“我会真的爱上吗？”

十一

那一天，奥古斯托敲堂费尔明和堂娜艾梅林达家的门的时候，女佣人请他进了客厅，对他说："我马上去通报。"他自己呆在客厅里，像悬在空中似的，觉得胸中憋得难受。一种真正痛苦的心情折磨着他。他坐下了，不准备很快起来。他望着墙上的图画解闷。其中有一张欧亨尼娅的照片。他想抬腿跑，逃出去。当听到一阵细碎的脚步声时，他突然觉得一把匕首刺进他的胸膛，仿佛有一团雾侵入他的脑海。客厅的门开了，欧亨尼娅走进来。可怜的客人扶着一把扶手椅的椅背。欧亨尼娅看见他面色发白，她的面孔也白了一阵儿，站在客厅中央不知该怎么办。过了一会儿，她走到他面前，用冷淡的语调低声对他说：

"堂奥古斯托，你这是怎么了？不舒服吗？"

"不，没什么。不知怎么……"

"你要什么？需要什么？"

"给我一杯水。"

欧亨尼娅像知道怎么办似的离开客厅去找杯子。转眼就端来一杯水。水在杯子里晃动。但是杯子在奥古斯托手里晃动得更厉害，杯里的水顺着下巴流下来，可是他的眼睛一直望着欧亨尼娅的眼睛。

“你要是愿意，”她说，“我叫人去给你沏杯茶，或者母菊浸剂、椴树花浸剂……怎么样，好些吗？”

“不，不，不，没什么。谢谢，欧亨尼娅，谢谢你。”他回答，一面擦下巴上的水。

“好的，那你现在坐下吧。”两个人坐下后，欧亨尼娅又说，“我一直等着你。我吩咐过女佣人，即使我姑妈他们不在家，就像前几天下午那样，也让你进来，并通报我。不管怎样，我希望跟你单独谈谈。”

“啊，欧亨尼娅，欧亨尼娅！”

“喂，我们要平心静气地谈。我绝对想不到我会使你这么害怕，因为我进来的时候你那副样子把我吓坏了，你简直像个死人。”

“我不瞎说，我觉得自己死了，没有活着。”

“我们把事情讲清楚是必要的。”

“欧亨尼娅！”奥古斯托叫道，伸出一只手，马上又收回来。

“我觉得你还不冷静。如果这样，我们就没法平静地谈话，像好朋友那样交谈。来，我给你摸摸脉！”她拿起他的手。

脉搏在可怜的奥古斯托的腕上激烈地跳动起来。他的脸红了，额头似火烧。欧亨尼娅的眼睛在他眼前消失了，他只看到一片雾，一片红色的雾。霎时间，他相信自己不省人事了。

“求求你，欧亨尼娅，可怜可怜我吧！”

“冷静点，堂奥古斯托，冷静点！”

“堂奥古斯托……堂奥古斯托……堂……堂……”

“是的，我的好堂奥古斯托，你要冷静，我们平静地谈一谈。”

“不过，请允许我……”说着就把她那像雪一样白，像雪一样冷的右手捧在他的双手里。她的手，手指又细又长，是专为抚摩琴键、让它们发出悦耳的旋律而生长的。

“随你怎样，堂奥古斯托。”

他把她的手捧到嘴上，没完没了地吻起来，那只冰凉的白手几乎被吻热了。

“等你吻够了，堂奥古斯托，我们再开始谈。”

“这我明白，欧亨尼娅，来吧……”

“不，不，不，别胡闹！”说着把手撤回来，又对他说，“我不知道我这两位亲戚，确切说，我姑妈的话使你产生了什么希望，但是我觉得你是误会了。”

“误会了？”

“不错，你准知道我有未婚夫了。”

“我知道。”

“是他们告诉你的吧？”

“不，没有人告诉我。但我知道。”

“那么……”

“欧亨尼娅，我到这儿来，一不企图什么，二不寻求什么，三不要求什么。欧亨尼娅，只要你允许我常到这儿来让你的目光沐浴我的心灵，让我陶醉在你的气息之中，我就心满意足了……”

“得了吧，堂奥古斯托，这些事儿书上才有。我们不去谈它吧。我不反对你来，想来多少次就来多少次；我也不反对你看我，跟我交谈，甚至……你已经看到了，甚至可以吻我的手。不过，我有男朋友了，我爱他，我想跟他结婚。”

“不过，你真的爱上他了吗？”

“那还用说！”

“你怎么知道你爱上他了？”

“我说，堂奥古斯托，难道你疯了吗？”

“不，不。我这样说是因为我的好朋友对我讲过，他说许多人自认为爱上了，其实并没有。”

“他是说你，对吗？”

“对，是说我，为什么呢？”

“因为对你来说可能就是这样……”

“不过，你也不相信我真的爱上你了吗，欧亨尼娅？”

“不要这么大嗓门，堂奥古斯托，会让女佣人听见的……”

“是，是，”奥古斯托激动地继续说，“的确有人认为我不可能真的爱上一个女人！……”

“请等一会儿。”欧亨尼娅打断他说，随后离开客厅，把他丢在那儿。

不一会儿她回来了，非常平静地问他：

“喂，堂奥古斯托，你冷静了吗？”

“欧亨尼娅，欧亨尼娅！”

这时，传来一阵敲门声。欧亨尼娅说：

“我姑妈他们回来了！”

过了几分钟，他们来到客厅。

“堂奥古斯托来看你们了，我去给他开门，他想走，我请他进来了。刚进来，你们就回来了。他在这儿等你们呢！”

“所有的社会习惯消亡的时代一定会到来！”堂费尔明叫道。“我坚信，当强盗变成另外的人即财产所有者的时候，私有财产的围墙和篱笆对我们所说的强盗来说不过是一种诱惑。只有不设围墙和篱笆的、属于全体人民的财产才是最安全的。人之初，性本善；是社会使人堕落了，邪恶了……”

“住口，老东西！”堂娜艾梅林达冲他喊道，“不叫我听金丝鸟的歌唱！您没听见吗，堂奥古斯托？听它叫是一种乐趣！欧亨尼娅当初学钢琴的时候，必须听我那时养的一只金丝鸟的歌声：它叫得特别欢，欧亨尼娅愈弹钢琴它叫得愈欢。它非常喜欢这样唱，结果累得精疲力竭……”

“连人喂的动物也染上了我们的恶习！”堂费尔明说。“连跟我们一起住的动物的神圣本性也被我们改变了！啊，人类呀人类！”

“您等了很久了吧，堂奥古斯托？”姑妈问。

“噢，不，太太。没关系，没关系，才一会儿，一转眼的工夫……起码我是这么想……”

“啊，当然！”

“是这样，姑妈，他是刚来一会儿。不过，这也足以使他消除在外面受的一点惊吓了。”

“什么？”

“啊，没什么，太太，没什么……”

“现在，我得去做我的事了，你们谈吧。”欧亨尼娅说，跟奥古斯托握了握手，离开了客厅。

“怎么样，事情顺利吗？”欧亨尼娅一走出客厅，姑妈就问奥古斯托。

“什么事情？”

“当然是征服啰！”

“不妙，很不妙！她说她有未婚夫，她要跟他结婚。”

“我说对了吧，艾梅林达，我说对了吧？”

"不对，不对！这不可能。什么未婚夫？是她发疯，堂奥古斯托，是她发疯！"

"可是，太太，她不是爱他吗？……"

"我早就说过，"堂费尔明叫道，"我早就说过嘛。这是自由，神圣的自由，选择的自由！"

"不，不，不！这个丫头难道明白她做的事吗？……蔑视您，堂奥古斯托，蔑视您！这不可能！"

"不过，太太，请您三思，讲话留神……不可以，不应该这样强制像欧亨尼娅这样一位姑娘的意愿……这关系到她的幸福，我们都应该关心她。为了使她得到幸福，我们甚至应该做出牺牲……"

"堂奥古斯托，您这是……？"

"是的，太太，我是这样想的！我准备为您侄女欧亨尼娅的幸福牺牲自己，因为她的幸福就是我的幸福！"

"好样的！"堂费尔明叫起来。"好样的！真是好样的！一位真正的英雄！一位无政府主义者……神秘的无政府主义者！"

"无政府主义者？"奥古斯托说。

"不错，无政府主义者，因为我的无政府主义就在于此，恰恰在于此，在于每个人要为其他人牺牲，一个人要以他人幸福为幸福……"

"费尔明，等有一天12点过10分你才喝上汤的时候，你就幸福了！”

“唉，你已经知道，艾梅林达，我的无政府主义是理论上的……我为达到世界的完美而奋斗，但是……”

“幸福也是理论上的！”奥古斯托说，仿佛自言自语。然后又说，“我已决定为欧亨尼娅的幸福牺牲自己，并已想出了一种英雄行为。”

“是什么？”

“太太，您不是对我讲过欧亨尼娅的不幸的父亲留给她的家吗？……”

“是的，我那不幸的哥哥……”

“……由于所有的财产被抵押，家境恶化了。对吗？”

“对，先生。”

“那好。我明白我应该怎么办！”说完向门口走去。

“我说堂奥古斯托……”

“我奥古斯托相信能够采取最大胆的决定，能够做出最大的牺牲。现在我已经明白我是仅仅在头脑中爱上了还是也从心里爱上了，是不是自认为爱上了而实际上没有。先生们，欧亨尼娅唤醒了我的生命。不管她属于谁，我应该永远感谢她。现在，再见了！”

说完，他雄赳赳地走了出去。他刚刚出去，堂娜艾梅林达就喊起来：

“姑娘！”

十二

“少爷，”一天后，利杜维娜走进来对奥古斯托说，“熨衣服的姑娘来了。”

“熨衣服的姑娘？啊，对，请她进来！”

姑娘用篮子提着为奥古斯托熨好的衣服走进来。二人面对面地望着。可怜的姑娘觉得脸上发烧，因为虽然她多次来过这里，却从来也不像今天这样。从前她觉得少爷根本没看见她，这使她感到不安，甚至恼火。他竟不注意她！竟然不像其他男人那样看她！不贪婪地瞧她，确切地说是不用眼睛舔她的眼睛、嘴和整个的脸！

“你怎么了，罗莎里奥？我想，你是叫这个名字吧？”

“是，我叫罗莎里奥。”

“你怎么了？”

“问这个干吗，奥古斯托少爷？”

“我从没有见过你的脸这么红。还有，我觉得您跟以前不一样了。”

“我觉得您也不同往常了……”

“很可能……很可能……喂，你过来，走近点。”

“不，您别开玩笑，我们算账吧！”

“玩笑？你认为是玩笑吗？”他用严肃的口吻对她说。“过来，让我仔细看看你。”

“您以前没看过我吗？”

“看过，但是直到现在我才发现你长得这么美丽……”

“得了，少爷，得了，别开玩笑了……”她的脸直冒火。

“现在，你的脸这么红，真像个太阳……”

“您瞎说……”

“来，过来。你要说奥古斯托少爷发疯，不是吗？告诉你，我不是发疯，不，不是！但是在此之前我是发疯，更确切地说，在此之前我是个白痴，一无所知，被包围在雾中，什么也看不见……就在这几天我的眼睛才睁开。你瞧，你到我家来过那么多次，我虽然看过你，却没有看见你。罗莎里奥，好像我不是个活人，跟死了一样……我是傻瓜，是傻瓜……不过，姑娘，你怎么了，你到底怎么了？”

罗莎里奥不得不坐在一把椅子上，用手掩着脸哭起来。奥古斯托站起来，关上房门，回到姑娘面前，把一只手搭在她肩上，用最湿润、最热情的语调低声对她说：

“喂，你怎么了，姑娘，这是怎么回事呀？”

“是您说的那些话感动得我哭了，堂奥古斯托……”

“我的天使！”

“别说那些事，堂奥古斯托。”

“为什么不说！就说！我闭着眼过日子，是个傻瓜，好像死了，直到碰到一位姑娘，你知道吗？是她使我睁开了眼睛，我看见了世界，尤其是我学会了看你们，看女人们……”

“那个女人……说不定是个坏女人……”

“你说她坏？她坏？你明白你说的什么？罗莎里奥，你知道你说的什么吗？你知道什么叫坏人？什么叫坏人？不，不，不。那个女人，跟你一样，是个天使。只是那个女人不爱我……她不爱我……不爱我……”他声音嘶哑，热泪盈眶。

“可怜的堂奥古斯托！”

“是的，你说得对，罗莎里奥，你说得对！可怜的堂奥古斯托！好极了。你再说一遍可怜的奥古斯托！”

“我说，少爷……”

“喂，你说：可怜的奥古斯托！”

“要是非让我说不可……可怜的奥古斯托！”

奥古斯托坐下了。

“你过来！”他对她说。

姑娘像被弹簧弹起来，也像施催眠术醒来似的猛地站起身，困难地呼吸着。奥古斯托把她抱起来放在腿上，紧紧地搂着她，把面颊紧贴着姑娘那热辣辣的面颊，情不自禁地叹道：

“啊，罗莎里奥，罗莎里奥，我不知自己怎么了，我不知道你是我的！你说的那个坏女人，我不认识，看见她后我就丧失了理智。过去我是死人，现在我活了，但是在复活后的现在，我才体会到什么叫死亡。我必须抵抗那个女人，必须抵抗她的目光。你帮助我吗，罗莎里奥？帮助我抵抗她吗？”

一声极轻微的“嗯”声像来自另一个世界的低语声，传入奥古斯托的耳朵。

“罗莎里奥，我不明白自己怎么了，也不明白我说的、做的和想的是什么。我一直不知道我是不是爱上了那个女人，就是你说的那个坏女人……”

“因为我，堂奥古斯托……”

“奥古斯托，奥古斯托……”

“因为我，奥古斯托……”

“得了,别说了,够了,”他合上了眼睛。“你什么也别说，让我一个人说，让我对自己说。自从我母亲死后，我就这样生活，和我自己在一起，只和我自己在一起；就是说，和我自己睡觉。我不知道两个人一起睡觉是什么滋味，两个人做同一个梦是怎么回事。两个人一起睡觉！不是同床异梦，不是，而是同床同梦！我和你要是做同一个梦多好啊！”

“可是那个女人……”可怜的姑娘说，在他的怀里直哆嗦，声调里含着泪。

“罗莎里奥，那个女人不爱我……她不爱我……不爱我……不过，她让我看到了其他的女人，由于她我才知道有其他女人……可能有某个女人爱我……你爱我吗，罗莎里奥？告诉我，你爱我吗？”他疯狂地搂着她。

“我相信是这样……我爱你……”

“我爱你，罗莎里奥，我爱你！”

“我爱你……”

这时，门开了，利杜维娜出现在门口，她惊叫了一声又把门关上了。奥古斯托比罗莎里奥还惊慌。罗莎里奥赶快站起来，理了理头发，抖落了一下身子，结结巴巴地说：

“我说，少爷，我们算账吧？”

“好，好。不过，你要走，是吗？”

“是的，我该走了。”

“你原谅我吗？你原谅我吗？”

“原谅您什么呀？”

“这是，这是……我这是发疯。你原谅我吗？”

“您没有什么需要我原谅的，少爷。您应该做的是不要再想那个女人了。”

“那你，会想我吗？”

“好了，我该走了。”

两人算了账，罗莎里奥走了。她刚走出去，利杜维娜就走进来说：

“少爷，那一天你不是问过我怎么知道一个男人爱上了吗？”

“不错。”

“我回答你说，要看他是不是做蠢事，说蠢话。我的话不错，现在我可以肯定地对你说了：你真的爱上了。”

“我爱上谁了？罗莎里奥吗？”

“罗莎里奥？……怎么可能！是另一个！”

“你怎么知道，利杜维娜？”

“嘿！你对这个姑娘说了和做了对那个姑娘不能说也不能做的事情嘛！”

“不过，你认为……？”

“不，不，我猜想，事情还没有达到成熟的程度。”

“利杜维娜！利杜维娜！”

“只要你愿意，少爷。”

奥古斯托想入非非地睡觉去了。奥菲奥正卧在床下打盹。他一躺在床上就自言自语起来：

“啊，奥菲奥，奥菲奥，这样一个人睡觉，一个人，是幻想，是表面现象；两个人的睡梦才是真实，真实。真实的世界不是我们大家的梦幻、共同的梦幻，又是什么呢？”

他睡着了。

十三

几天后的一个早晨，利杜维娜来到奥古斯托的房间告诉他说，一位小姐要见他。

“一位小姐？”

“是的，那位弹钢琴的。”

“欧亨尼娅？”

“正是她，欧亨尼娅。毫无疑问，不只是你一个人发疯。”

可怜的奥古斯托颤抖起来，因为他觉得自己是个罪犯。他爬起来，匆匆地洗了脸，穿好衣服，去迎接一切。

“堂奥古斯托先生，”欧亨尼娅一看见他就严肃地说，“我已经得知你把我的债务转到了你名下，我们家用作抵押的财产掌握在了你手中。”

“我不否认。”

“你有什么权利这么干？”

“小姐，这是所有公民的权利：一个愿意买，一个愿意卖，就可以成交。”

“我不想谈这个，只想问你：你为什么要这么干？”

“因为我看到你受那个人支配心里难过。我想，你对那个人恐怕不会有好感。我怀疑他不过是个没有心肝的商人罢了。”

“这就是说，你想让我受你支配，因为我对你有好感了……”

“啊，绝对不是，绝对，绝对不是！欧亨尼娅，绝对不是！我无意让你受我支配。你这样指责我，完全是出于猜想。请等一下。”他非常激动地离开了客厅，让她独自等在那儿。

过了一会儿，他拿着几张纸回转来。

“请看吧，欧亨尼娅，这是你的债务证明文件。你拿去吧，随你怎么处理。”

“什么？”

“是的，我什么也不要。为了这个我才干的。”

“我早就明白，所以我才说你是想叫我受你支配。你想通过慷慨的行为控制我。你想收买我！”

“欧亨尼娅！欧亨尼娅！”

“没错儿，你是想收买我，你想收买我；你想收买我……但是你只能买我的肉体，而不能买我的爱情，因为爱情是买不了的！”

“欧亨尼娅！欧亨尼娅！”

“这是一种卑鄙行为，仅仅是一种卑鄙行为，尽管你不相信。”

“欧亨尼娅，看在上帝分上，欧亨尼娅！”

“不要再靠近我，我会发疯的！”

“发疯吧，我就是要靠近。欧亨尼娅，你打我吧，骂我吧，啐我吧，随便处置我吧！”

“你什么也不值得我做，”欧亨尼娅说着站起来。“我走了，不过，你要明白，我不会接受你的施舍或馈赠！我要空前努力地工作；让我的未婚夫工作，他不久就是我丈夫了，我们将一起生活。至于这个问题，你把我的房子拿去好了。”

“可是，欧亨尼娅，我并不反对你和你说的那个未婚夫结婚啊！”

“什么？什么？你说什么？”

“我这样做并不是为了让你出于感激选我做丈夫！……我也并没有为自己的幸福做打算，更确切地说，你同自己自由选择的丈夫生活得幸福就是我的幸福！……”

“啊，我明白了。你仅仅想做一个自我牺牲的英雄，一位殉难者！请把我的房子拿去吧，我献给你了。”

“不过，欧亨尼娅，欧亨尼娅……”

“就这样吧！”

再没有看他一眼，那一双火一般的眼睛转瞬间消失了。

一时间，奥古斯托如坠五里云雾，连自己的存在都不知了。后来，他拨开包围着他的云雾。拿起帽子，出门去冒险了。经过一座教堂时，圣马丁[①]几乎不知不觉地走了进去。进去后，他只看见在主祭坛前燃烧的奄奄一息的灯光。他觉得在黑暗中呼吸，闻到一股腐朽味、香熏的东西味和古老的家庭味。他几乎是摸黑儿走到一张凳子上坐下。与其说坐下，不如说摔下。他感到疲乏，乏得要命。仿佛他呼吸到的全部黑暗和腐朽都压在他的心上。从仿佛来自远方，遥远的远方的低诵声中不时传来一阵困难的咳声。他想起了他母亲。

他闭上眼睛，又梦见了那个从绣着白花的薄窗帘透进阳光来的甜蜜而温暖的家，又看见了他那位悄悄走来走去、总穿着黑衣服、面部留着泪痕的微笑的母亲。他回想了他作为儿子，从成为母亲的一部分到在母亲保护下生活的全部经历。他还回想了像悄悄起飞的候鸟一样离去的不幸母亲的缓慢、沉重、甜蜜、安详的死亡。后来，他又回忆或梦见了同奥菲奥的相遇。不一会儿，他就陷入了这种精神状态：最最奇怪的幻影像影片一样在他眼前掠过。

在他旁边，有一个男人在祷告。那人站起来往外走，他也跟着他往外走。走到教堂门口，那个人用食指和中指蘸着圣水，把水洒在奥古斯托身上，然后画了十字。两个

① 圣马丁（1778—1850），阿根廷政治家、军事家，智利和秘鲁的解放者。此处讽喻主人公。

人站在栅门前。

“堂阿维托！”奥古斯托唤道。

“奥古斯托，是你呀！”

“你在这儿？”

“是的，我在这儿。生活教给我许多东西，死亡教给我的更多。生和死教给我的东西比科学多得多。”

“你想当保护神吗？”

堂阿维托·卡拉斯卡尔对他讲述了他儿子的悲惨故事。最后说：

“你瞧，奥古斯托，我就这样走到这一步……”

奥古斯托望着地面没有吭声。他们顺着杨树林荫道前行。

“不错，奥古斯托，一点不错，”堂阿维托接着说。“生活是生活的唯一教师，没有比生活更高明的教育了。只有生活才能学会生活，每个人必须重新做生活的学生……”

“堂阿维托，那世世代代的劳动，千百年来的精神财富呢？”

“只有两种精神财富：幻想和幻灭。这两种财富只能在我们刚才相遇的地方——教堂里存在。我敢说，不是一种伟大的幻想，便是一种异常的幻灭把你引向了那里。”

“是这两种东西。”

“不错，是两种东西，不错。因为幻想、希望会导致幻灭、回忆；而幻灭、回忆也会导致幻想、希望。科学是现实，是现在，亲爱的奥古斯托。我不能靠现在的任何东西生活。自从我可怜的阿波洛多罗，我的受害者死后，就是说，自杀后，”说到这儿，他的声调变得悲哀了，“就不可能有现在了，对我来说，科学和现实就没有意义了。我只能靠回忆他或希望他生活了。于是我就走进了这个包含着一切幻想和一切幻灭的家庭：教堂！”

“这么说，你是信教了？”

“天晓得！……”

“你不信教？”

“不知我信还是不信。我只知道祷告。我不很明白我祷告的什么，反正我们几个人逢到黄昏就聚在那里祈祷。我不知道他们是谁，他们也不认识我，但是我们觉得彼此同情，心连着心。现在我想，倒霉的人类需要的是保护神。”

“你妻子呢，堂阿维托？”

“唉！我妻子！”卡拉斯卡尔叹道，一只眼里涌出的一颗泪珠仿佛发射着眼睛内部的光芒。“我的妻子！我发现了她！我甚至不知道我的巨大不幸为她带来的痛苦。只是在我儿子阿波洛多罗自杀后的那些可怕夜晚，我把头埋在她这位母亲的怀里恸哭的时候，我才发现了生活的秘密。她温柔地抚摩着我的头，对我说：‘可怜的孩子！我可怜的孩子！’她从没有像现在这么温柔，让她做母亲的时候——为了什么？仅仅为了让她为我提供天才的原料——我绝对没有想到有一天作为母亲我需要她，因为我不认识我的母亲，奥古斯托，我不认识她。我没有过母亲。直到我妻子失去我的和她的儿子时觉得是我母亲以前，我始终不知道有母亲是什么滋味。奥古斯托，你认识你母亲，认识那位极好的太太堂娜索莱达德；不然的话，我会劝你结婚的。”

“我认识她，堂阿维托，但是我失去了她。刚才在教堂时我就是在回忆她……”

“你要是愿意再得到她，你就结婚，奥古斯托，结婚！”

“不，那样的母亲，我不可能再有了。”

“不错。不过，你结婚吧！”

“怎样结婚？”奥古斯托说，面带苦笑，同时想起了阿维托讲过的一种理论。“怎样结婚？是推断式的还是归纳式的？”

“快别提那些事了。看在上帝分上，奥古斯托，不要叫我回想不幸的事！不过……总之一句话，如果一定要我顺着你的话，你就凭直觉去结婚吧！”

“要是我爱的女人不爱我呢？”

“你就和爱你的女人结婚，尽管你不爱她。为了得到一个人的爱情，最好是结婚。找一个爱你的女人吧！”

那个熨衣服的姑娘的形象迅速地掠过奥古斯托的脑海。因为他幻想过那位姑娘爱上了他。

终于和堂阿维托分手后，奥古斯托向娱乐场走去。他想跟维克多下盘象棋，好驱散他头脑和心中的雾。

十四

奥古斯托发现他朋友维克多有点反常；他一局也没赢，总是闷闷不乐，一声不吭。

“维克多，你出了什么事吧？”

“是，伙计，我出一件大事。我想发泄一下，到外边去吧，月夜很美。我讲给你听。”

维克多虽然是奥古斯托最亲密的朋友，却比他大五六岁，结婚十二年多了，因为他很年轻就结了婚，据说是为了良心。但是没有儿女。

来到街上后，维克多说：

“你知道，奥古斯托，我很年轻就被迫结了婚……”

“你被迫结婚？”

“是的，听我讲，不要大惊小怪，人们早就私下里传开了。是我们的父母，我的父母和我的艾莱娜的父母，让我们结的婚，那时我们还是小孩子。对我们来说，做夫妻不过是一种游戏，一个当丈夫，一个当妻子。但是那是一场虚惊。”

“你说的虚惊指什么？”

“指让我们结婚的理由。那是我们双方父母的假正经。他们知道我们玩了一次游戏，引起了一点风雨；他们等不及看看有什么后果，是不是有后果，就让我们结了婚。”

“他们做得对。”

“我看不见得。其实，那次游戏没有什么后果，结婚后的若干游戏也没有什么结果。”

“游戏？”

“是的，在我们来说，那不过是游戏。我们是玩游戏。我对你讲过，我们是一个当丈夫，一个当妻子。”

“好家伙！”

“不，请不要想得太坏了。那时我们年轻，现在也不老，我们不懂得干坏事。但是我们没有想到的是我们组成了一个家庭。我们这两个毛孩子住在一起，过着所谓的物质生活。但是过了一年，发现没有结出果实，我们就开始彼此怨恨，冷眼相看，默默地相互抱怨。要不做个父亲，我是不甘心的。我是个二十一岁多的男子汉，坦白地说吧，我竟不如别的男人，不如任何一个没有教养的人，别的男人结婚后九个月或不到九个月就有了第一个孩子……所以，我是不能忍受的。”

“我说，伙计，这怪谁呢？”

“还用说吗，尽管你不相信，我还是怪她。我老这么想：

‘这个女人不能生育，让我难堪。’她呢，毫无疑问，她也怪我，甚至猜想……天晓得……”

“什么？”

“没什么。一年、两年、三年过去了，如果没有孩子，妻子就会怪丈夫，认为丈夫不健康，准有什么疾病……事实上，我们俩彼此视如仇敌，仿佛魔鬼钻进了我们家庭。魔鬼终于作乱，我们就发生了争吵。什么‘你没用！’，什么‘你才没用呢！’，如此等等，互相斥责起来。”

“结婚两三年后，有一个时期你心情那么坏，那么忧愁，造成了神经衰弱，不得不独自去疗养院，就是因为这个吗？”

“不，不光因为这个……还有更严重的。”

一阵沉默。维克多望着地面。

“好了，好了，放在心里吧，我不想过问你的秘密。”

“没关系，我可以告诉你！由于跟我那可怜的妻子发生的那些争吵，我的情况更不妙了。于是我想，问题不是性急所能解决的，准是数量太少，你明白我的意思吗？”

“是的，我想我明白……”

“从此我便像个没出息的人那样专吃最富有营养的滋补食品，外加各种调料，特别是那些被认为具有刺激性欲作用的调味品。同时尽可能多和我妻子同房。结果……”

“你就病倒了。”

“当然！如果不及时求医并悬崖勒马，我就成了死鬼了。我从双重意义上得到了医治：我回到妻子身边，我们心情平静，彼此谅解了。我们的家庭渐渐地充满了和平，甚至幸福。在我们结婚四五年后开始过这种新生活的时候，我们曾偶尔为我们的孤独感到遗憾，不过很快我们就不但互相安慰，而且习惯了。最后我们不仅不想要孩子，而且同情那些有孩子的夫妻了。我们彼此尊重对方的习惯，照对方的习惯生活。这一点你可能不懂……”

“我不懂。”

“就是说，我把我妻子某种习惯变成我的习惯，艾莱娜把我的某种习惯变成她的习惯。我们家中的一切都缓缓地走上了正轨，一切的一切，吃饭也一样。一分钟不多，一分钟不少，十二点整把汤摆在桌上。这样，我们便每天在同样的时刻吃同样数量的同样的食物。我讨厌变化，艾莱娜也讨厌。我们是按照钟点生活的。”

“啊。不错，这使我想起了我们的朋友、罗梅拉的丈夫路易斯说过的话。他常说，他们是独身的丈夫、独身的妻子。”

“太对了，因为没有比没孩子的丈夫更孤独和长久的单身汉了。有一次，为了填补没有孩子的空白——我们毕竟没有死心：我仍然想做父亲，她也仍然想做母亲——我们收养了或者说要了一只狗；但是当有一天看见它死在我们面前——一根骨头卡在了喉咙里——看到它那一双仿佛求救的眼睛时，我们感到那么难过和恐惧，我们再也不想养什么狗呀猫的了。我们只买了几个布娃娃和几个纸板做的大玩具娃娃，就是你在我家看到的那些。艾莱娜为他们穿衣脱衣。”

“他们是不会死的。”

“不错。一切都很顺心，我们非常满足。没有孩子哭叫搅扰我的睡梦，也不用担心孩子是男是女和应该如何教育他们……此外，我还可以随时受用我的妻子，很是痛快，既没有怀孕的妨碍，也没有喂奶的干扰；总而言之，这是一种令人陶醉的生活！”

“你知道这种情况稍微或根本不同于……”

“不同于什么？非法同居吗？当然不同。没有孩子的夫妻可能变成一种合法的、很有条理的、有利于健康的、比较纯洁的同居；但是，归根结底，正如我说的，丈夫和妻子是独身者，当然是同居的独身者。我们就是这样度过了十一年多，快十二年了……不过现在……你知道我们的情况吗？”

“嗳，我怎么知道呀？”

“你真不知道吗？”

“莫不是你让妻子怀孕了……”

“不错，伙计，正是这样。你想想看，这是多么不幸啊！”

“不幸？你们不是早就盼望这个吗？”

“是的，那是一开始，头两三年的想法。但是现在，现在……魔鬼又回到了我们家，争吵又发生了。如今跟从前一样，我们互相抱怨，把怀孕的罪过归于对方。我们开始称那个胎儿……不，我不能对你讲……”

“不愿意讲就算了。”

“我们开始管他叫闯入者！我梦见他一天早晨被嗓子眼儿的一根骨头卡死了。”

“真狠心！”

“是的，你说得对，是太狠心了。可是，从此就失去了正常的生活、舒适的生活和原来的习惯！就在昨天，艾莱娜还在吐；这似乎是一种人们常说的怀孕产生的重要反应……重要！重要！重要个鬼！瞧她吐的！你见过那种又脏又臭的东西吗？”

“不过，知道自己要做母亲了，她一定非常快活！”

“她快活？跟我一样！这是上帝、命运的恶作剧，是开玩笑，要是生下来……不管是男是女……要是像我们这些与其说充满父爱不如说充满虚荣心的无辜男人希望的那样生下来，要是在我们相信没孩子不光彩的时候生下来，要是在这样的情况下生下来，那当然好！可是现在，现在呢？我再说一遍，这是开玩笑。倘若不是因为……”

“什么，喂，是什么？”

“我把他送给你为奥菲奥作伴吧。”

“喂，平静点，别胡说……”

“好，好，我胡说，请原谅。不过，在差不多十二年后，我们生活得这么舒服，已经克服了新婚者那种可笑的虚荣心，竟又出了这种事，难道你认为应该吗？你瞧，我们生活得多么平安，多么自信！……”

“得了，得了吧！”

“好，你有理。你有理。可是，你没有想到吗？最可怕的是我的可怜的艾莱娜不能忍受折磨着她的荒唐的感觉。她觉得自己荒唐可笑！”

“我不相信……”

“我也不相信，但确实如此。她觉得自己可笑。她为了那个……男的或女的……闯入者而做那些使我担心的事情。”

“我说，你呀！”奥古斯托不安地叫道。

“不，不，奥古斯托，不，不！我们没有丧失道德观念。你知道，艾莱娜是很虔诚的。虽然并不情愿，但她还是听从上天的安排，甘心做个母亲。我毫不怀疑，她将是个好母亲，很好的母亲。但是她那种认为自己可笑的想法很强烈，为了掩饰她的状态，掩盖她的孕腹，我相信她能干出……总之，我不愿意提它了。你瞧，她已经一个星期不出门了；她说觉得难为情，认为大家会围上来看她。还说，到怀孕后期如果必须出门乘凉和晒太阳的时候，她不能出门，因为外头会有人认识她，可能会走来祝贺她。”

两位朋友沉默了一会儿。然后维克多说：

“我说，奥古斯托，你结婚吧。结婚后你可能会遇到类似的事情；不过，你还是跟弹钢琴的姑娘结婚吧！”

“天晓得！”奥古斯托说，仿佛自言自语。“天晓得！……也许结婚后我会重新得到母亲。”

“母亲，对！”维克多又说。“你的孩子的母亲，倘若你有孩子的话……”

“我的母亲！维克多，也许现在你开始感到你妻子是一位母亲，你的母亲。”

“现在我开始感到的是丧失了夜晚……”

“也是赢得了夜晚，维克多，也是赢得了夜晚。”

“总之，我不知道我怎么了，不知我们怎么了。就我来说，我相信我能够忍受；但是我的艾莱娜，我可怜的艾莱娜……真可怜啊！”

“瞧，你不是开始同情她了吗？”

“总之，奥古斯托，结婚前你要三思！”

二人分手了。

奥古斯托带着满脑子从堂阿维托和维克多那里听到的东西进了家门，早把欧亨尼娅、免除的债务和熨衣服的姑娘忘在了脑后。

一进门，奥菲奥就欢蹦乱跳地来接他。他抱起它，仔细摸了摸它的喉咙，捏了捏它的胸部，对它说："吃食要留神骨头，奥菲奥，要特别留神，听见吗？我不愿意你被骨头卡死，不愿意你用求救的睛睛望着我、在我面前死去。你看，奥菲奥，教育家堂阿维托已经信仰了他先辈的宗教……这是遗产！维克多不愿意做父亲。阿维托为失去儿子感到痛苦，维克多却为得到儿子感到难过。那是一双多么美的眼睛，奥菲奥，那是多么美的眼睛啊！当她对我说'你想收买我！你想收买我的肉体。而不是我的爱情，爱情是收买不了的！你把我的房子拿去吧！'时，她的眼睛是怎样地闪光啊！她说我要收买她的肉体……她的肉体……！我自己的肉体还是多余的呢，奥菲奥，我的还是多余的呢！我需要的是灵魂，是灵魂，是火一般的灵魂，像她，欧亨尼娅的眼睛反映出来的灵魂。她的肉体……她的肉体……不错，她的肉体是美丽的、光辉的、神圣的；但是这是因为她的肉体里有灵魂，纯洁的灵魂，它充满了活力，充满了意义，充满了思想！我的肉体是多余的，奥菲奥，我的肉体是多余的，因为我缺乏灵魂。如果说我缺乏灵魂是因为肉体多余不是更确切吗？奥菲奥，我碰得到、摸得着、看得见我的肉体，但是灵魂呢？我的灵魂在哪里？难道我有灵魂吗？只是在这儿我把罗莎里奥，可怜的罗莎里奥，放在腿上拥抱的时候，在她哭我也哭的时候，我才稍微感觉到灵魂的存在。那些泪水不可能从肉体里流出，而只能从灵魂里流出。灵魂是一眼只涌流眼泪的泉水。如果不是真正的哭泣，就不知道是否存在灵魂。现在我们去睡觉吧，奥菲奥，如果让我们睡觉的话。”

十五

“我说，姑娘，你做了什么事儿呀？”堂娜艾梅林达责问她侄女说。

“我做了什么事儿？你要是知道羞耻，在我的情况下你也会那么做的。我敢这么说。想买我！他竟然想买我！”

“喂，姑娘，想买你的人总比打算卖你的人好百倍吧？”

“想买我！他竟然想买我！”

“可是并不是这样，欧亨尼娅，并不是这样啊！他那么做是出于高尚的品德，出于英雄主义……”

“我不要英雄，就是说，我不喜欢那些竭力想当英雄的人。如果他的英雄主义不是为了自己，那当然好！但是别有打算呢？他是想买我，他是想买我！买我！我告诉你，姑妈，不能便宜他。他干了那件事不能便宜他，那个……”

“那个……什么？你说，别含糊！”

“那个……不知趣的傻瓜。对我来说，他算什么！他算什么！”

“你胡说什么呀……”

“姑妈，难道你相信这个人……”

“谁？费尔明吗？”

“不，是那个……送金丝雀的那个。你相信他的躯壳里有东西吗？”

“至少有心肝肺什么的……”

“你相信他有心肝肺吗？哼！那里头是空的，简直看得透，是空的！”

“姑娘，你过来，咱们冷静地谈谈。你别说傻话，也别干蠢事。把那件事忘掉吧。我认为你应该答应他……”

“可是我不爱他，姑妈……”

“你，你知道什么叫爱呀？你没有经验。你知道什么是三十二分音符或八分音符,但是不知道什么是爱情……”

“姑娘，我看你不过是为了谈谈而已……”

“姑娘，你说，你懂得爱情吗？”

“可是我爱另一个人……”

“另一个？那个懒鬼、那个麻木不仁的毛里西奥吗？你把这个叫做爱？把他称为另一个？奥古斯托才是你的幸福！他那么高贵、富有、善良……！”

“单是为了这个我不爱他，因为他像你说的那样太善良了……我不喜欢善良的人……”

“连我的话也不听了。但是……”

“但是什么？”

“女人必须跟男人结婚。他们就是为了这个才生的，他们是善良的丈夫。”

“可是我不爱他，我怎么能跟他结婚呢？”

“什么？结婚后就爱他了。我不是跟你姑夫结婚了吗……？”

“可是，姑妈……”

“是的，现在我相信我爱他，我觉得我爱他；但是在结婚的时候我不知道是不是爱他。要知道，所谓的爱情完全是书里的故事，纯粹是为了谈话和写书编造的东西，是诗人们的胡诌。最现实的东西是夫妻。民法里没有讲爱情，但是讲了夫妻。关于爱情的一切高调纯粹是音乐……”

“音乐？”

“是的，音乐。你很清楚，音乐不过是为了生活而教人学习的东西。你要是不抓住现在这个机会，你何时摆脱困境就难说了。”

“什么？我向你要求什么了吗？我没有自己挣饭吃吗？我是你们的累赘吗？”

“你别这么生气，脾气大的姑娘，也别说这种话，这样下去我们会真的吵架的。谁也没有对你说什么嘛！我对你说说、劝告的一切，全是为你好。”

“哼，为我好……为了我好……为了我好那个堂奥古斯托·佩雷斯先生才干出了那种男子汉大丈夫的行为，为了我好……是的，男子汉大丈夫行为。大丈夫的行为！想买我……他想买我……买我！一种男子汉大丈夫的行为，是的，一种男子汉大丈夫的行为……一件男子汉干出来的事情！男子汉，姑妈，我知道他们，他们粗暴、无礼、鲁莽、不慎。好心得不到好报……”

“都这样吗？”

“是的，都这样，都这样！真正的男子汉都这样，你应该明白。”

“啊！”

“是的，因为不粗暴、不愚蠢、不自私的男人就不是男子汉。”

“那他们是什么？”

“怎么说呢……女人气的人呗！”

“好一个大理论，丫头！”

“我们家是有传染性的。”

“可是，你姑夫从没有对你讲过这个。”

“没有讲过,是我观察男人时想到的。我姑夫不是……那样的男人。”

“他是个女人气的男人啰？一个女人气的男人。你说，你倒说呀！”

“不,不,也不是。我姑夫是……唉……我姑夫是……我一点儿也不喜欢他成为一个……啊……一个有血有肉的男人。”

“那你认为他是个什么样的男人？”

“我认为他仅仅是……怎么说好呢？……他仅仅是我的姑夫。算了，好像他并不存在。”

“这是你的想法，姑娘。但是我告诉你，你姑夫是存在的，当然是存在的！”

“粗鲁的人，男人全是粗鲁的人。可怜的堂艾梅特里奥丧妻几天后那个粗鲁的马丁·鲁维奥对他说的话，你不知道吗？”

“我想，我是没听到。”

“那我就告诉你，是在那一场流行病流行的时候，这你知道，大家都非常惊慌失措。你们好几天不让我出门，直到我不能忍受。人们都你躲着我，我躲着你，如果发现一个穿丧服的，好像他染上了瘟疫，便赶快躲开。就在这种情况下，丧妻五六天后，可怜的堂艾梅特里奥有事出了门，当然穿着丧服，突然碰到了那个冒失鬼马丁。马丁看见他穿着丧服，好像害怕传染上病似的站在远处对他说：‘我说，老弟，这是怎么了？家里发生了不幸吗？’可怜的堂艾梅特里奥回答说：‘是，我的可怜妻子不久前死了……’‘真不幸！怎么死的？’堂艾梅特里奥回答：‘生产。’‘总算幸运！’冒失鬼马丁回答。这时才走过去跟他握手。现在竟然出现了伟大的骑士精神！——一种男子汉大丈夫的行为！我告诉你，他们是粗鲁人，不过是粗鲁人而已。”

“粗鲁人总比懒鬼好，譬如那个懒汉毛里西奥。不知为什么他竟那么热恋着你……据我所知,而且情况很可靠，我敢对你说，那个傻瓜要是真的爱上你，那就糟了……”

“但是，只要我爱上他就够了！”

“你认为那个人……我是说你的未婚夫……真的是个男子汉吗？他要是个男子汉，早就有办法有事做了。”

“他如果不是男子汉，我就使他成为男子汉。不错，姑妈，他像你说的那样有缺点，但是，也许就是因为这个我才爱他。现在，知道堂奥古斯托干的男子汉大丈夫行动后……他想把我买去！……知道这件事后，我已经下定决心，无论如何我也要跟毛里西奥结婚。”

“倒霉的丫头，那你们靠什么生活呢？”

“靠我挣的钱！我会工作的，比现在更努力地工作。我要接受我所拒绝的课程。我已经决定不要那所房子了，我把它送给了堂奥古斯托。这是我自作主张，完全是自作主张。那是我出生的地方。现在我已经摆脱了那所房子和抵押问题产生的噩梦，我要以更大的热情开始工作。看到我为两个人工作，毛里西奥除了找工作没有别的办法，他只能工作。就是说，他要是知道羞耻的话……”

“他不知道羞耻吗？”

"他知不知道羞耻……全取决于我！"

"不错！他将是一位女钢琴家的丈夫！"

"不管怎样，他将属于我；他愈是依靠我，愈是属于我。"

"不错，他将属于你……但是他很可能像一条狗一样属于你，这就等于买一个男人。"

"那个男人不是想用他的资产买我的吗？我想用我的工作买一个男人又有什么奇怪呢？"

"你说的这一切，丫头，很像你姑夫讲的男女平等论。"

"我不知道也没有必要知道他讲的那个。不过，姑妈，我要告诉你，可以买我的男人还没有出生呢！买我？买我？谁想买我？"

这时，女佣人走进来报告说，堂奥古斯托要见小姐。

"他？让他走！我不想见他。你去告诉他，我已经把我的决定告诉他了。"

"冷静点，姑娘，你再考虑一下，别这样对待他。你还不理解堂奥古斯托的意图。"

奥古斯托一见到堂娜艾梅林达就对她申辩。他说他非常难过。说欧亨尼娅没有理解他的真正意图。他呢，他已经正式了结了房产的抵押问题。房子已经不受法律的约束，回到女主人手中了。要是她拒不接受房产，他也不能接受；这样以来，房产就可能白白丧失，更确切地讲，它将以女主人的名义被查封起来。此外，他还表示不再坚持向欧亨尼娅求婚，但愿她得到幸福；他甚至打算为毛里西奥找个工作，免得他依靠妻子的收入过活。

“你有一颗金子般的心！”堂娜艾梅林达叹道。

“太太，现在只差您说服您侄女理解我的真正意图了。另外，倘若了结房产的抵押问题不合她的意的话，务必请她原谅。不过我认为后退是不应该的。要是她愿意，我可以做她的证婚人，然后我将长期到遥远的地方去。”

堂娜艾梅林达把女佣人叫来，吩咐她去叫欧亨尼娅，因为堂奥古斯托想跟她说几句话。女佣人说：“小姐刚刚出去。”

十六

“你这样下去不行，毛里西奥，”欧亨尼娅在门房那间小屋里对她未婚夫说。“绝对不行。你如果继续这样，如果不克服懒惰的习惯，如果不想办法找个事情做，使我们能够结婚，任何蠢事我都能干出来的。”

“你能干什么蠢事？你说呀，亲爱的！”他用手捻着姑娘后颈上的一缕鬈发，以示亲热。

“我说，你要是愿意，我们就这样结婚，我继续工作……挣钱养活你。”

“不过，我要是同意这么做，人家会怎样议论我呀！”

“人家议论你有什么可怕的？”

“你说得轻巧，那可不得了！”

“是的，我觉得不可怕。我只是希望这种状况尽快地结束……”

“你认为我们的状况这么坏吗？”

“是的，我们的状况很坏，坏极了。如果你不下决心，我就……”

“怎么样？你说！”

“我就接受堂奥古斯托做出的牺牲。”

“和他结婚？”

“不，决不！我要收回我的房产。”

“好，那你做吧，亲爱的，做吧！如果这是一条出路的话……”

“那么你敢……”

“我可不敢！我觉得那个可怜的堂奥古斯托头脑有毛病，脾气怪，我们不应该惹他……”

“这么说，你……”

“当然，亲爱的，当然！”

“你毕竟是个男子汉嘛！”

“我不像你想的那样。不像你理解的那样。不过，你来……”

“不，放开我，毛里西奥。我对你说过多少次了，你不要……”

“不要这么亲热吗？”

“不，你不要……粗俗！你安静点。你要想得到我进一步的信任，你就改掉懒惰的恶习，真正找个工作，其他事情你已经知道了。现在就看你是不是清醒，不是吗？你要当心，我已经打过你一个耳光了。”

“我不会忘记的！亲爱的，再打我一个吧！来吧，我把脸给你……"

"你别得寸进尺……"

"快点，打吧！"

"不，我不想满足你的愿望。"

"别的愿望呢？"

"我告诉你，不要这么粗俗。我再告诉你一次，你如果不赶快找工作，我将接受他的牺牲。"

"不过，欧亨尼娅，你愿意听听我的真心话，全部的真心话吗？"

"你说吧！"

"我很爱你，的确很爱，我完全被你迷住了。但是，我害怕结婚，害怕得厉害。我不否认，我生来就是个懒鬼。我最讨厌的是工作，我料想，我们要是结婚，你一定希望我们有孩子……"

"那当然啰！"

"那我就必须工作，不懈地工作，因为生活费用很高。你说你可以工作养活我，绝对不行！不行！不行！毛里西奥·布兰科·克拉拉不能靠一个女人的工作生活。不过，也许有一个办法，既不要你工作，也不要我工作，全都能解决……"

"你说，什么办法……"

"是……不过，亲爱的，你保证不生气吗？"

“你快说吧！”

“根据我耳闻和所知的一切，那个可怜的堂奥古斯托是个傻瓜，是个老实软弱的人，对了，还是个……”

“说下去！”

“你可别生气。”

“我叫你说下去！”

“是个……就像我对你讲的那样，是个倒霉鬼。也许最好的办法是：你不但答应接受你的房产，而且……”

“快说，而且怎样？”

“答应他做你的丈夫。”

“什么？”欧亨尼娅站了起来。

“你答应了他，一切就得到了解决，因为他是个大傻瓜……”

“怎么解决呢？”

“他拿钱，我们……”

“我们……干什么？”

“我们……”

“你算了！”

欧亨尼娅冲出门去，两眼气得直冒火。她心里想：“混蛋！这个混蛋！”回到家后，她关上房门哭起来。她身上发烧，不得不睡了。

毛里西奥在那里发了一会儿愣，后来点上一只烟，出门上了街。对遇到的第一个美丽的姑娘说了一句奉承话。当天晚上，他跟一位朋友谈起了堂胡安·特诺里奥[①]。

“那个家伙最后也没有把我说服，”毛里西奥说，“那纯粹是演戏。”

“你还是说你自己的事吧！你现在成了一位特诺里奥，一个诱奸犯！”

“诱奸犯？我是诱奸犯？别胡扯了，罗赫利奥！”

“那你跟钢琴女教师干了什么？”

“哼！你愿意听我讲讲吗，罗赫利奥？”

“请！”

“好的。如果有一百个算是正派的男女关系问题的话，你所指的事情是最正派的。唉！在一百件男女间的风流事中，九十件以上的诱惑者是女人，被诱惑者是男人。”

“怎么，你否认你征服了钢琴女教师欧亨尼娅吗？”

“是的，我否认。不是我征服了她。而是她征服了我。”

“诱奸犯！”

“你说好了……反正不是我，是她。我没法拒绝她。”

“都一样。”

“不过我认为我们的关系快结束了，我将重新获得自由。当然，不再受她约束，因为我不再保证不准别的女人追求我。我太软弱了！我要是女人的话……”

---

① 即唐璜。

“算了。那你们的事为什么要结束呢？”

“因为……因为我干了蠢事！我本想继续，就是说，既不承担诺言也不承担后果地开始我们的关系……明白吗？当然！我觉得她是想把我踢开。那个女人想把我吃掉。”

“把你吃掉！”

“谁知道啊！……我这么虚弱！我生来就是让女人开心的，不过，有我的尊严，明白吗？不然的话，就不是人了。”

“你说的尊严是什么？可以讲讲吗？”

“老兄，问这个干吗！有些事是说不清的。”

“对，对！”罗赫利奥十分自信地回答，然后又说，“要是钢琴女教师离开你，你想怎么办？”

“闲着呗！看看是不是有别的女人征服我。我被征服了多少次了？可是这一个，毫不屈服，对我总是敬而远之。总之，她硬想做个正派女人，因为她那份正派劲儿谁也比不了。因此，我迷恋着她，发狂地迷恋着。最后她是可能任意左右我的。而现在，她要是离开我，我会感到遗憾，非常遗憾，不过，我自由了。”

“自由？”

“是的，自由，选择另一个女人的自由。”

“我相信你们是能够重归于好的……”

“天知道！……反正我不相信，因为她有点怪……今天我伤害了她，真的，我伤害了她。”

十七

“你还记得吗，奥古斯托？”维克多对他说，“你还记得那个堂埃洛伊诺·罗德里格斯·德·阿尔布克克-阿尔瓦雷斯·德·卡斯特罗吗？”

“财政部那个非常喜欢娱乐，尤其是赌牌的职员吗？”

“就是他。想不到……他结婚了！”

“勇敢的老病夫得到了一个养活他的女人！”

“但是更妙的是他结婚的方式。你应该了解，然后把它记下来。你是知道的，堂埃洛伊诺·罗德里格斯·德·阿尔布克克-阿尔瓦雷斯·德·卡斯特罗虽然姓双姓，但几乎穷得死无葬身之地，只有财政部发的那点薪水。再说，他的身体也完全垮了。”

“他一直过这样的生活。”

“这个可怜虫忍受着不可能治愈的心脏病，活不几天了。他刚刚从一次发作中活过来。这次发作很厉害，他被送到了死神的门口，但也促成了他的婚姻，不过是另一种形式的。当时，这个不幸的人走进一家又一家客店，但是不得不从所有的客店走出来，因为凭4比塞塔，既不够吃美味的，也不够吃猫食一般的便饭的。而他，是个苛刻的人，并非穷得一文不值。他就这样走街串户，最后来到一位可敬的主妇的公寓。这位主妇上了年纪，比他大，你是知道的，别说五十岁，恐怕有六十岁了，已经两次守寡。头一个男人是个木匠，从脚手架上跳下来自杀了，她常常想起‘她的’罗赫利奥。第二个男人是侦缉队的一名军曹，死后给她留下一小笔财产，一天1比塞塔的抚恤金。堂埃洛伊诺在这位寡妇太太的公寓里住下来后，病情恶化，十分不妙，看来不行了，就要死了。先是请堂何塞来给他看，后来又请堂巴伦丁来看。他，没救了。他的病体需要有人不厌其烦地照看，有时照看不到。女主人几乎完全为他奔忙了，其他房客纷纷嚷着要搬走。堂埃洛伊诺付不起那么多钱。两次守寡的女主人对他们说，她不会留他久住的，因为他影响了她的生意。‘看在上帝分上，太太，发发慈悲吧！’他好像对她说。‘我这个样子，能去哪儿呢？谁愿意接待我呢？你要是把我赶出去，我就只能死在医院里了……看在上帝分上，发发慈悲吧！留我住到死吧……！’因为他确信他会死，不久就会死。女主人呢，当然认为她的家不是医院，她靠开店为生，生意受到了他的损害。就在此刻，堂埃洛伊诺的一位同事想出了一个高明的主意。他对他说：‘堂埃洛伊诺，你现在只有一个办法可以让这位好太太留你住下去。'‘什么办法？'他问。朋友对他说：‘首先我得知道你认为你的病情如何。'‘啊，当然，我肯定活不久了，活不几天了。也许我连我的兄弟们也见不着了。'‘你认为你的病这么厉害吗？'‘我觉得要死了……'‘如果是这样，你就有办法不叫女主人把你赶走、逼你去医院了。'‘什么办法？'‘跟她结婚。'‘要我跟她结婚？跟女房东？我算老几呀？不过是一个罗德里格斯·德·阿布尔克克-阿尔瓦雷斯·德·卡斯特罗！老兄，我可不喜欢开玩笑！'这个主意好像使他产生了这样感觉：这是不可能的。

"‘决不是开玩笑。'

"在堂埃洛伊诺惊讶之余，朋友告诉他说，跟女房东结婚后，可以给她留下每月13杜罗的寡妇年金。不然的话，这笔年金谁也不利用，只能留给国家。你是清楚的……"

"是的，维克多朋友，我很清楚：他这样结婚只是为了不让国家积存一笔寡妇年金。这是爱国的表现！"

"但是，如果堂埃洛伊诺生气地拒绝这样的建议，你猜她会说什么？‘我？我这样的年纪还要结婚？第三次结婚？跟这个病夫？恶心死了！'然而她询问了医生，医生对她讲：‘埃洛伊诺只能活几天了！'于是她想：‘事实上，每月13杜罗是合适的。'她终于同意了。于是人们把教区牧师、虔诚的使徒、善良的堂马蒂亚斯叫来，请他彻底说服病人膏肓的堂埃洛伊诺。‘好，好，好，'堂马蒂亚斯说。

‘好的。他太可怜了！’他把他说服了。然后，堂埃洛伊诺把科雷伊塔叫来。据说他对他说，他想跟他和好——二人发生过争吵——希望他做他的证婚人。‘堂埃洛伊诺，你要结婚？’‘是的，科雷伊塔，我要跟女房东结婚！跟堂娜辛弗结婚！我，一个叫罗德里格斯·德·阿尔布克克-阿尔瓦雷斯·德·卡斯特罗的，你想不到！我是为了在死前的这几天让她照看……不知道我的兄弟能否及时赶到跟我告别……她呢？她是为了得到我留给她的13杜罗的寡妇年金。’传说，科雷伊塔回家后把这个消息告诉他妻子艾米利娅时，她叫了起来：‘我说，你真是个笨蛋！你怎么不劝他跟恩卡娜——她是一个既不漂亮也不年轻的女佣人，是艾米利娅作为嫁妆带到她的新家来的——结婚呢？为了13杜罗，她是能够跟那位太太一样尽心地照看他的。’据说恩卡娜说：‘你说得对，小姐。为了13杜罗，我也是可以跟他结婚，在他死前的几天照看他的。’”

“维克多，这一切好像是编造的故事。”

“不，这样的事情是编不出来的。还有更新鲜的呢。堂巴伦丁是除了堂何塞之外跟堂埃洛伊诺来往最多的人。他对我说，他去看堂埃洛伊诺的那天碰到了堂马蒂亚斯，以为他是来为病人行涂油礼的。他们告诉他，堂埃洛伊诺已经结婚。他告辞的时候，第三次结婚的女房东送他到门口。太太用不安的焦虑声调问他：‘请告诉我，堂巴伦丁，他能活下去吗？能吗？’‘不，太太，不会的。不过几天的事了……”他很快就会死吗，嗯？’‘是的，很快。’‘那么他真会死吗？’”

“真荒唐？”

“还有呢！堂巴伦丁告诉她，除了牛奶，什么也别给病人吃，每次给他一点点就够了。但是堂娜辛弗对另一位房客说：‘怎么能那样做呢！他想吃什么我就给他什么！他活不几天了，干吗不让他满足呢……！’后来巴伦丁又劝她：‘你饿他几天吧！’她说：‘饿他几天？啊呀！多可怕！不给这个快死的人饭吃？我不干！我不干！他可不是先前那两个男人，虽然我爱他们，情愿跟他们结的婚！对这个男人？饿他几天？我？万万不可……！’”

“这全是幻想！”

“不，是真实故事。堂埃洛伊诺的几个兄弟，有弟弟妹妹，来看他。他困难地喘着气说：‘我的兄弟，我的兄弟！一个罗德里格斯·德·阿尔布克克-阿尔瓦雷斯·德·卡斯特罗跟佩列赫罗斯街的女房东结婚了！我的兄弟，萨拉戈萨法院，萨——拉——戈——萨法院的一位院长的儿子和一位……堂娜辛弗结婚了！’他那副样子真吓人。刚刚同这个垂死的人结婚的寡妇心里想：‘现在你瞧吧，好像已经瞧见了：他们知道我们是他们的哥嫂，他们会不给食宿费就走的，而我是靠这个生活的！”看来他们付给了她食宿费，丈夫也付了。不过，他们带走了他那根金柄手杖。”

“他死了吗？”

“是的，很久后才死的。他的病情好转了，有很大的好转。女房东说：‘这都怪堂巴伦丁，是他让他知道了他的病情……另一个人，堂何塞倒是好些，他没有把病情告诉他……倘若只有他跟他来往，他也许早死了，不会现在让她难受了。’除了头一个丈夫留下的几个儿子外，堂娜辛弗还有第二个丈夫留下的一个女儿。结婚后不久，堂埃洛伊诺对这个女儿说：‘过来，过来，过来，快过来，让我亲一下，我是你父亲，你是我女儿了……’‘女儿，不，’母亲说，‘是养女！’‘是前夫之女，太太，是前夫之女。过来……让我亲亲你……’据说，母亲曾这样说：‘那个厚颜无耻的人除了摸她，不干好事……！有人看见过……！’后来，不可避免地发生了破裂。‘这是一场骗局，纯粹是骗局，堂埃洛伊诺，我之所以跟你结婚，因为他们对我保证，说你要死，很快就会死，不然的话……我才不干呢！我受骗了，我受骗了。’‘我也受骗了，太太。你希望我怎样呢？死掉，满足你的愿望？’‘这是事先说定的。’‘我会死的，太太，我一定会死的……而且会比你希望的还快……我这个罗德里格斯·德·阿尔布克克–阿尔瓦雷斯·德·卡斯特罗！”

“为了几个宿膳费，他们俩吵了一架。她终于把他赶了出去。‘再见，堂埃洛伊诺，祝你顺利！’‘上帝和你同在，堂娜辛弗！’她的这第三个丈夫终于死去，给她留下平均每天 2.15 比塞塔的年金，另外还得到 500 比塞塔的丧葬费。当然，她没有把这笔钱用在丧葬上。由于内疚和为感谢得到的 13 杜罗的寡妇年金，她最多为他做了两次弥撒。”

“天哪，多稀奇的事啊！”

“这不是编造的，这种事编不出来。关于这出悲喜剧，这出悲哀的喜剧，我还在收集更多的资料。我本想写一个独幕喜剧，但是经过反复考虑后，我决定像塞万提斯把那些小说放在他的《堂吉诃德》里一样，把它放在我正在写的一部小说里。我写这本小说是为了取代我妻子的怀孕为我带来的伤脑筋的事。”

“我说，你在埋头写小说吗？”

“那你愿意我干什么呀？”

“情节是什么，可以讲讲吗？”

“我的小说没有情节，更确切地说，是慢慢形成的。情节是它自己形成的。”

“这如何理解？”

“我告诉你吧。有一天我不知干什么，但是很想做点什么，心里痒得很，头脑里想入非非。我对自己说：‘我要写一本小说，但要像生活一样，不知如何发展。我坐下来，拿来几张纸，开始把首先想到的事情写下来，却不知下面写什么，没有任何计划。我的人物活动要根据他们的言行写，特别是言论。他们的性格将慢慢形成。有时，人物没有什么性格。”

“大概跟我的性格一样。”

“不知道。它是自己形成的，我随着它走。”

“有心理活动吗？有描写吗？”

“有对话，主要是对话。最要紧的是人物在说话，老是说话，虽然没有说什么。”

“这是艾莱娜给你的暗示吧？”

“为什么这么说？”

“因为有一次她向我借小说解闷。我记得她说要借对话多而简短的小说。”

“不错，当她在看的小说里遇到长长的描写、说教或讲述的时候，总是大叫：‘废话！废话！’对她来说，只有对话不是废话。你很清楚，一篇说教是满可以化为对话的……”

“为什么这么做呢？”

“因为人们喜欢对话，喜欢对话本身，哪怕对话没有内容。有的人忍不了半个小时的演说，但可以在咖啡馆里高谈三个小时。这就是对话、为说话而说话、断断续续的说话的魅力。”

“我也讨论演说的腔调……”

“是的，这是人们在言语、活的言语方面的一种满足……特别是这种对话使读者感到，作者不是在单独讲故事，不用他的身份，不用他的‘我是撒旦’来打扰我们，虽然我的人物讲的一切全部出自我口……”

“这要适可而止……”

“什么适可而止？”

“是的，开始你会认为，是你亲自带领着人物，最后你却很容易相信是人物在带领你。经常有这种情况：作者最后成了他的小说的玩具。”

“这是可能的。但问题是，我想在这本小说里写进我想的一切，无论是什么。”

“那结果就不会是小说（Novela）……”

“怎么不是！它是……是……Nivola。”

“这是什么？Nivola是什么？”

“有一次我听安东尼奥的弟弟、诗人曼努埃尔·马查多讲，他把堂爱德华多·贝诺特拉去听他朗诵一首亚历山大体或别的什么异派形式的十四行诗。他读过后，堂爱德华多说：‘喂，这不是十四行诗（Soneto）……’‘当然，先生，’马查多回答，‘这不是Soneto，而是Sonite。’所以我就说，我的小说不是Novela，而是……怎么说呢？Navilo……Nebulo，不，不，Nivola，对，是Nivola！这样，谁也就无权说它破坏小说的规矩了……我创造了一种体裁，而创造一种体裁不过是给它取个新名字。我还给它制定了我喜欢的规则。这就是许多对话！”

“人物要是只有一个呢？”

“那就……写独白。为了使它像对话，我虚构了一条狗，让人物跟它说话。”

“维克多，你知道我觉得你在瞎编吗？”

“很可能！”

维克多和奥古斯托二人分手后，后者一面走一面自语：“我过的这种生活是Novela，是Nivola，还是别的什么呢？我自己发生的和周围发生的这一切是现实还是幻想呢？难道这一切不是上帝或别的什么人的梦幻吗？这梦幻，他一醒来就消散，所以我们才祈祷，为它唱赞歌或颂歌，好让它昏睡、安眠。难道一切宗教的全部仪式不是摇动上帝的摇篮，不叫他醒来，不要梦见我们的一种方式吗？啊，我的欧亨尼娅！我的欧亨尼娅！还有我的罗莎里奥……”

“喂，奥菲奥！”

奥菲奥跑过来，欢蹦乱跳，想爬到他身上，他抱起它，它舔起他的手来。

“少爷！”利杜维娜对他说，“罗莎里奥拿着熨好的衣服在屋里等你呢？”

“怎么不叫她走？”

“我怎么知道……我告诉她，少爷快回来了，要是愿意等他……”

“你可以像前几次那样请她走嘛！……”

“是，不过……一句话，请你理解……”

“利杜维娜！利杜维娜！”

“最好你亲自叫她走……”

“我去见她。”

十八

“你好，罗莎里奥！”奥古斯托一看见她就喊道。

“下午好，堂奥古斯托！”姑娘的声音平静而清晰，她的目光也同样平静而清晰。

“你怎么不像前几次我不在家的时候那样把衣服交给利杜维娜！”

“不知道！她说您在等我。我以为您有什么事对我说……”

“她这是天真还是别的什么？”奥古斯托想。他沉思了一会儿，霎时间二人默默无言，寂静的气氛使他们感到不安和难堪。

“罗莎里奥，我愿意你忘掉那天的事，不要再记着它了。明白吗？”

“好吧，只要您愿意……”

“是的，那是我一时发疯……是我发疯……我不知道我做的是什么，说的是什么……不像现在这么清楚……”他一边说一边向姑娘走去。

姑娘平静地等着他，似乎无可奈何。奥古斯托坐在了沙发上。叫她说："你过来！"像上次那样，他让她坐在他的腿上。然后久久地注视着她的眼睛。姑娘平静地忍受着他那种目光，但是全身像一片欧洲山杨叶那样不住地颤抖。

"你怎么打哆嗦，姑娘？"

"我？我没有哆嗦。我觉得是您……"

"不要哆嗦，平静点。"

"您别再叫我哭。"

"当然，不。你愿意让我再一次把你弄哭吗？告诉我，你有男朋友吗？"

"您瞎问什么呀……"

"告诉我，你有吗？"

"男朋友！……您说的男朋友……没有！"

"难道还没有一个跟你同龄的小伙子给你写信吗？"

"这您清楚，堂奥古斯托……"

"你对他讲了什么？"

"这是秘密……"

"不错。不过请告诉我，你们相爱吗？"

"看在上帝面上，堂奥古斯托……！"

"瞧你，你要是想哭，就哭吧。"

姑娘把头靠在奥古斯托的胸上，把头埋在那儿，哭起来，只是这一次竭力克制着啜泣。“这个姑娘会晕在我怀里的，”他一面抚弄着她的头发一面想。

“安静点！安静点！”

“那个女人……？”罗莎里奥问，没有抬头。仍克制着啜泣声。

“啊，你还记着她？那个女人已经完全拒绝了我的要求。我一直没有赢得她，而现在，我完全把她失去了，完全失去了！”

姑娘抬起头来，面对面地望了望他，想看着他说的是不是真话。

“您是想骗我……”姑娘咕哝着说。

“我干吗想骗你呀？啊，对，对，我明白了，你不是说你有男朋友吗？”

“我什么也没有说……”

“安静！安静！”他把她放在沙发上，自己站起来在房间里踱步。

但是当他把目光转向她时，发现姑娘脸色发白，浑身颤抖。他明白，她无依无靠，孤孤单单，远远地坐在他面前的沙发上，就像犯人坐在检查官面前，准是感到泄气了。

“对！”他叫道。“我跟她靠得越近，我们就越能互相保护。”

于是，他又坐到沙发上，重新让姑娘坐在他的身上，用双手搂着她，把她紧紧地抱在怀里。可怜的姑娘把一只手搭在他的肩上，好像是为了紧挨着他，再一次把脸藏在奥古斯托的怀里。她在他的怀里听到了他的心房的剧烈跳动声，便不安地问道：

“您身体不好吗，堂奥古斯托？”

“怎么会好呢？”

“您要我请人给您买什么药吗？”

“不，不，算了。我知道我得的是什么病。我需要的是旅行。”他停了一会儿又说，“你陪我去好吗？”

“堂奥古斯托！”

“不要称‘堂’！陪我去吗？”

“要是您愿意……”

一团雾侵入奥古斯托的脑海；太阳穴上的脉管猛烈地跳起来。他觉得胸口窒闷。为了摆脱这种感觉，他开始吻罗莎里奥的眼睛。罗莎里奥只得把眼睛闭上。他忽然站起来，离开了她，说：

“你走吧，你走吧！我害怕！”

“怕什么？”

看到姑娘突然这么镇静，他更害怕了。

“我害怕，不知怕谁，怕你还是怕我。反正我害怕！是怕利杜维娜！喂，你走吧，走吧。不，你要再来，不是吗？你还来吗？”

“只要您愿意……”

“你要在我的生活中陪着我，不是吗？”

“只要您吩咐……”

“你走吧，立刻走吧！”

“那个女人……”

奥古斯托扑向已经站起来的姑娘，抓住她，紧紧地把她搂在怀里，把他干燥的口唇挨着她的口唇。但没有吻她。就这样嘴巴紧贴着嘴巴地过了一会儿，他的头还直摇晃。然后放开她，说：

“喂！你快走！”

罗莎里奥走了。她刚走出去，奥古斯托也离开了那里。他像刚刚走了好几里山路一样，疲惫不堪地倒在了他的床上，熄了灯，自言自语起来：

“我欺骗了她，也欺骗了自己。事情总是如此！一切都是幻想，除了幻想还是幻想。人，一开口就是说谎；对自己说话的时候也是说谎。也就是说，一个人明知道自己的思想，却还要思考，就是说谎。除了生理活动，不存在任何真理。语言这种社会产品，是为了说谎才制造的。我听见我们的哲学家说，真理就像语言这种社会产品一样，是大家相信的东西；相信它，就明白了真理。而这种社会产品，却是谎言。”

他觉得狗在舔他的手，不禁叫道：“啊！你来了吗，奥菲奥？你不会说话，所以不说谎，我甚至相信你不会错，不会说谎，尽管主人有什么事对不住你……我们只会说谎，自以为了不起。语言是为了夸大我们的一切感觉和印象才制造的……甚至是为了让人相信它们。语言和一切惯常的表达方式，如接吻、拥抱……我们所做的不过是各自表演自己的角色。大家都是人，都是假面具，都是喜剧演员！谁也不为自己说的和表现的东西感到痛苦和愉快。也许他相信感到了痛苦和愉快。不然的话，他就不能生活下去。实际上，我们是很平静的。比如现在我在这儿，我在独自表演我的喜剧，既当演员又当观众。我只是在解除肉体上的痛苦。唯一真实的东西是有生理活动的人，不说话不说谎的人……”

他听见一阵敲门声。

“什么事？”

“什么事？难道你今天不吃晚饭了吗？”利杜维娜问。

“对，对。等一等。我就去。”

“跟往常一样，吃完饭我要睡觉，她也要睡觉。罗莎里奥会睡吗？我不会扰乱她灵魂的安静吗？她那种天性，究竟是天真还是邪恶呢？也许没有比天真更邪恶的东西，或者相反，没有比邪恶更天真的东西。不错，我已经想象到，没有比天真更……更……更什么来着？……更恬不知耻的事情。是的，她倒在我怀里时那种平静，她那种使我害怕（不知怕什么）的举动，不是别的，正是天真。还有她说的那句话："那个女人呢？"不是嫉妒吗？嫉妒？很可能只有产生嫉妒的时候才会产生爱情。这种嫉妒是向我们表示爱情的嫉妒。虽然一个女人对一个男人非常钟情，或一个男人对一个女人非常钟情，但是他们没有感觉到彼此在相爱，彼此也没有讲他们在相爱；也就是说，只有当他看到她在注意另一个男人或当她看到他在注意另一个女人时，他们才算真正相爱了。倘若世界上只有一个男人和一个女人，没有其他社会联系的话，这两个男女是不可能相爱的。再说，第三个人，塞莱斯蒂娜[①]，是永远需要的。而塞莱斯蒂娜就是社会，伟大的牵线人[②]！这是何等美好的事情啊！是的，伟大的牵线人！虽说仅仅通过语言。所以说，关于爱情的这一切，不过是又一种谎言。那生理上的爱情呢？哼！那种生理上的爱情不是爱情，什么也不是！所以它是真实的！不过……我们走吧，奥菲奥，我们吃晚饭去。这才是实实在在的！"

① 西班牙作家费尔南多·德·罗哈斯的小说《塞莱斯蒂娜》中的人物，是个拉皮条的角色。

② 西班牙戏剧家埃切加赖的哲理剧《伟大的牵线人》中的人物。

十九

两天后，有人通报奥古斯托说，有一位太太想见他，跟他谈谈，他出去接待，遇见了堂娜艾梅林达。奥古斯托问她："您怎么在这儿？"艾梅林达回答："怎么，您不愿意我们再见面！？"

"您很清楚，太太，"奥古斯托回答，"我最后两次到您家去：一次单独和欧亨尼娅交谈，另一次她不愿意见我。所以我不应该再去了。我仍然坚持我说过的话和做过的事，不过我不能再到您家去了……"

"可是这次是欧亨尼娅要我来的。"

"欧亨尼娅？"

"不错，是她。我不清楚她跟男朋友发生了什么事，但是她不愿意别人再提他了。她狂怒地反对他。有一天她回到家就把自己关在房间里，连晚饭也不吃。她的眼睛都哭红了。不过，您知道吗，她那两行热泪是因为气的……"

"啊！难道眼泪也有不同的种类吗？"

"当然。有使人感到凉爽、轻松的眼泪，也有使人感到灼热和窒息的眼泪。她哭过，不想吃晚饭。她对我重复着她的口头禅，说你们这些男人是畜生，除了畜生还是畜生。这几天她一直生气，脾气坏到了极点。直到昨天晚上，她把我叫去说，她后悔不该对您说那一切，她做得太过分了，对您太不公平了。她承认您的动机是正确的、高尚的。她不但希望您原谅她对您说的那句‘想买她’的话，而且她也不相信有这样的事情。她特别强调了这件事。她说，她首先希望您相信她，她之所以说那种话，是因为激动，是因为气愤，其实她并不相信……”

“但愿她不相信。”

“后来……后来她让我用外交方式来了解一下您的情况……”

“太太，最好的外交方式是不使用它……特别是对我……”

“后来她还求我问问您，要是她无条件地接受送给她的礼物——她自己的住宅，您是不是高兴……”

“无条件地怎样？”

“瞧您，作为那样的礼物接受呗。”

“如果作为礼物送给她，她怎么就接受呢？”

“因为她说可以接受。她说为了向您证明她的善意和后悔的诚意，她愿意接受您的慷慨赠送，只是不要影响……”

“够了，太太，够了！现在你们好像在有意无意地伤害我……”

“是无意……”

“有人说，无意中给人的伤害是最厉害的。”

“可我不懂这个……”

“然而，问题很清楚。有一次我去参加一次会议，会上有一个人认识我，可是连招呼也不跟我打。离开会场后我把这件事讲给一位朋友听，他对我说：‘你不要感到奇怪，他不是故意的，因为他根本没有注意到你的到来。’我回答他说：‘这就是天大的失礼了，他不但不对我打招呼，而且都不注意我。’‘他那样做是无意的，他是个心不在焉的人……’他反驳说。我回答他说：‘严重的失礼就是所谓无意的失礼。而天大的失礼则是不注意面前的别人。’所以，太太，这就如同那种愚蠢地称作无意忘却的说法，仿佛能够无意忘却什么事，无意的忘却常常构成一种失礼行为。”

“为什么要说这个……”

“堂娜艾梅林达太太，我说这个是因为我不太清楚她为那句说我想用礼物买她的伤人话，求我原谅后为什么要接受礼物，而且还申明是无条件的。她说的条件是什么，您说，是什么？”

“请不要这么激动，堂奥古斯托……！”

“我不激动，太太，我用不着激动！难道那个……姑娘想嘲弄我、想跟我开玩笑吗？”说这句话的时候他想起了罗莎里奥。

“看在上帝分上，堂奥古斯托，看在上帝分上……！”

“我说过了，抵押问题已经解决了，我已经把字据撕掉了。如果她不接受她的房产，我跟那所房子可没关系了。她感谢不感谢我，对我无关紧要！”

“可是堂奥古斯托，您不要生气嘛！如果她的愿望是跟您和解，你们就重新做朋友吧……！”

“是的，现在她跟另一个闹翻了，不是吗？从前我是另一个，现在我又成了第一个，不是这样吗？如今她要来找我了，对吗？”

“可是我没有说这个呀！”

“您没说，但是我猜到了。”

“但是您完完全全想错了。因为在我侄女把我刚才讲给您听的一切告诉我之后，恰恰是我暗示她，劝她说，既然她跟那个好吃懒做的男朋友吵翻了，就设法跟您交朋友吧。咳，您是明白我的话的……”

“不错，她要您来重新征服我……”

“对了！就在我那样劝她的时候，她一而再再而三地对我说，不行，不行，不行。她说为了朋友并作为朋友，她尊敬您，敬重您。但是她不愿意作为丈夫尊重您，她只愿意跟一个她爱的男人结婚……”

“她不可能爱上我，对吗？”

“不，她没有说这样的话……”

“得了，肯定是这样。这也是外交手段……”

“什么？”

“是的，您到这儿来不但是为了要我原谅那个姑娘，而且也是为了试探我是不是同意她做我的妻子，不对吗？你们商定好了，是不是？她将曲意俯就……”

“我对您起誓，堂奥古斯托，我凭着我对我那安居天堂的神圣母亲的神圣记忆对您起誓……”

“当助手的，不起誓……”

“我要对您起誓，现在是您忘记了，当然是无意中忘记了我是谁，艾梅林达·鲁伊斯——鲁伊斯是谁。”

“如果是这样……”

“是的，是这样，没错。”她说这些话时使用的口气使人不容置疑。

“既然如此……既然如此……就请转告您的侄女，我接受她的解释。我对她深表谢意，我将继续做她的朋友，做一个忠诚而高尚的朋友，不过，仅仅是朋友，明白吗？不做别的，仅仅做朋友……请您告诉她，我不是一架让人随便弹的钢琴，不是一个反复无常的男人，我不是接替者也不是后备未婚夫，我不是被人占用过的人……”

"您不要这么激动！"

"不，我并不激动！好吧，我继续做她的朋友……"

"您马上来我们家吗？"

"这个……"

"我说，您要是不来，可怜的姑娘不会相信我的，她会感到遗憾的……"

"因为我想出一趟远门……"

"早些来吧，再见……"

"好，再见……"

当堂娜艾梅林达回到家把同奥古斯托的谈话情况告诉她侄女时，欧亨尼娅心里想："现在有另一个女人绊着他，我毫不怀疑。我一定要把他夺过来。"

奥古斯托呢？剩下他一个人后，他在房间里踱起步来，一边踱步一边自言自语："她想跟我开玩笑，好像我是一架钢琴……丢下我，又用我，然后再丢下我……我被保存着备用……她想说什么就说什么，现在试图叫我再去向她献殷勤，说不定得跑断腿……好像我是个布娃娃，一个可笑的人，一个被人用来报复别人的人，也许是一个被用来使别人产生嫉妒的人，一个微不足道的人……我有我的性格，鬼才听她摆布！我是我！是的，我是我！我是我！我应该感谢她，感谢欧亨尼娅，是她唤醒了我，使我懂得了爱情。我怎能否认呢？但是一旦把我唤醒，激起我的爱情，我就不需要她了。世界上女人有的是。”

想到这儿，他不由得微微一笑。原来他想起了维克多讲的那句话。当新婚的赫瓦西奥告诉他说他要和妻子去巴黎过一个时期时，雨果对他说：“去巴黎还带着女人？这简直像带着一条大西洋鳕去英格兰！”这使奥古斯托感到非常可笑。

他继续自言自语道：“女人有的是。罗莎里奥这个不朽的夏娃的再世，她的邪恶的天真、天真的邪恶多可爱啊！小姑娘多迷人啊！她，欧亨尼娅，使我从抽象降到了具体，但是罗莎里奥却把我引向了一般。世上有这么多诱人的女人，这么多……有这么多欧亨尼娅！这么多罗莎里奥！不，不，谁也不要跟我开玩笑，更不用说一个女人。我就是我！我的生命也许渺小，但它是我的！”他在自己激动的声音里感到生命仿佛在慢慢膨胀，房间变得窄小了，于是他走出去，让他的生命感到宽畅和松快。

他一走到街上，看到头上的天空和来往的行人——每个人都奔向自己的工作或爱好，谁也不注意他，当然是无意的，也不理睬他，肯定因为不认识他，就觉得他的“我”，“我就是我”的那个“我”，顿时缩小了，缩得愈来愈小。在身体里缩作一团，竭力在躯体里寻找一个蜷缩的小角落，免得被人看见。街道像一个电影院，他觉得自己是影片，是影子，是幽灵。由于人群总像个大浴池，他总是被淹没在来来往往、不认识他也不注意他的人群中，便觉得街道是一个在露天里按照罗盘的方位开辟的天然浴池。

只有在只身独处的时候他才感觉到自己的存在；只有在只身独处的时候他才能这样对自己说，也许是为了说服自己："我就是我！"在其他人面前，夹在忙忙碌碌、漫不经心的人群中，他感觉不到自己。

他就这样走到他住的居民区的偏僻广场上那个朴素的小花园。广场像一片平静的河水，经常有一些孩子在那里玩耍，因为有轨电车不从那里通过，马车也很少从那里过。秋天的恬静傍晚，有一些老人常在广场上晒太阳。这个时刻，囚禁在广场上的十二棵欧洲七叶树上的叶子迎着北风颤抖一阵之后，飘落下来在瓷砖地上翻滚，布满了那些总是漆成嫩树叶的绿色的木长凳，那些在庭院和街头栽种的排列整齐的树木，无雨时总能得到毛渠的定时浇灌，把它们的根扎在广场瓷砖下的土中；那些树木被囚禁在那里，期待着日出，望着日落，落在房屋顶上；那些树木受着监禁，也许在怀念遥远的丛林，以一声神秘的枪声吸引着它。树上有一些城市的鸟儿在歌唱，它们机警地躲避着孩子们，偶尔飞到老人们面前啄食他们抛给它们的面包渣。

有多少次他独自孤单单地坐在广场的一条绿色长凳上看见在一所房子的屋顶上熊熊燃烧的落日！有一次他还看见一只停在一所房子的烟筒上的黑猫轮廓呈现在火红彩霞

衬托的金色夕阳上！在秋天的这个时刻，黄色的树叶，像葡萄叶那么宽、形状像干尸手和薄铁片的树叶，纷纷飘落在市中心那些围着篱笆、摆着一盆盆花的小花坛里。孩子们在干树叶中间玩耍，大概在玩捡树叶游戏，却不注意火红的落日。

当那天他来到安静的广场上，把落满长凳的干树叶——因为已经是秋天——扫干净后坐下的时候，像往日那样附近有几个男孩玩耍。其中一个男孩让另一个男孩站在一棵欧洲山杨下，让他紧紧地贴着树干，然后对他说：

“你被囚在了这儿，是几个小偷干的……”

“可是我……”另一个男孩气呼呼地说。

第一个男孩回答他说：

“不，你不是你……”

奥古斯托不愿意再听下去，于是站起来，向另一条长凳走去，一面对自己说：“我们成年人也玩过这种游戏。你不是你！我不是我！这些可怜的树是它们自己吗？它们的叶子比山上的树叶落得早，早得多，只剩下了干树枝。这些干树枝把它们的剪影投射在洒满明亮的电弧光的石铺路上。一棵被电弧光照亮的树！当春天那只电弧赋予它那种金属般的外观时，它的树冠将是多么奇异、神妙！而现在，它们是不配微风吹拂的……！这些可怜的树，不能享受一个乡间的那种没有月亮、满天星斗闪烁的夜晚！在栽种每一棵树的时候，好像种树人都对它们说过：“你不是你！”为了不忘记它们，人们才用电弧把那里的夜晚照亮……为了不叫它们睡觉……这些熬夜的可怜的树！不，不，跟我不能像跟你们一样开玩笑！”

他站起来，像个夜游病患者似的开始在街上游荡。

二十

他要去旅行。去还是不去？他已经张扬开了。他先告诉了罗莎里奥，但不知道他自言自语的是什么，他大概是为了找话说，更确切地说，是找个借口，问问她是不是陪他去旅行。后来又告诉了堂娜艾梅林达，为的是试探她……试探什么？他想拿他去旅行的事试探她什么呢？管它是什么！但是，他已经说过两次了，他说他要作一次漫长而遥远的旅行。而他，是个有性格的人，他是他。他必须做个说话算数的人吗？

说话算数的人先说一件事情，然后进行了思考，最后去做它。不管结果好坏，都要进行考虑；说话算数的人对自己说过的话既不更改也不收回。他说过他要作一次漫长而遥远的旅行。

一次漫长而遥远的旅行！为什么？为了什么？怎样去？去哪里？

有人通报他说，一位小姐想见他。

“一位小姐？”

“是的。”利杜维娜说。“我看她是……弹钢琴的！欧亨尼娅！是她。”

他怔住了。一个想法像一道使人晕眩的闪电闪过他的脑海：他想把她打发走，让女仆告诉她，他不在家。“她是来征服我的，她想拿我当布娃娃玩，”他心里想。“她想要我跟她相配，要我代替另一个……”然后他又仔细想了想。“不，应该像个男子汉！”

“告诉她，我就来。”

那个女人的勇气使他惊呆了。“应该承认她是一个真正的女人，有其不平凡的性格。她是多么勇敢！多么坚决！一双眼睛多么诱人！但是不，不，不！我不能屈服！不能被她征服！”

奥古斯托走进客厅时，欧亨尼娅站在那里。他打了个手势，让她坐。但是她没有坐，先冲他叫起来：

“你，堂奥古斯托，你跟我一样，也被人骗了！”

听到她的话，可怜的男子汉觉得被解除了武装，不知道该说什么。二人坐下来，接着是一阵短暂的沉默。

“是的，我说得不错，堂奥古斯托，在跟我的关系上，你受骗了；在跟你的关系上，我也受骗了。这就是一切。”

“可是，我们是面对面谈的呀，欧亨尼娅！”

“不要提我对你说的话了，过去的事是过去的事了！”

“不错，过去的事总是过去的事，不可能成为别的事。”

“你要理解我。对于我接受你的慷慨馈赠一事，希望你不要认为有别的意思。”

“跟我的愿望一样，小姐，对于我的赠送，你也不要认为有别的意思。”

“这样，我们就以心换心了。现在，为了把问题说清楚，我应该告诉你，除了过去的一切和我对你说过的那句话外，对于你的慷慨馈赠我只能向你表示纯真的谢意，不能用别的方式报答，尽管我愿意。你也一样，你那方面，我相信……”

“不错，小姐，从我这方面讲，除了过去的事，除了我们最后一次交谈时你对我讲的话，除了你姑妈对我讲的和我猜测的外，我不能认为自己的赠送是慷慨的，尽管我愿意……”

“这么说，我们的意见一致了？”

“完全一致，小姐。”

“这么说，我们可以重新做朋友，做好朋友，做真正的朋友了？”

“可以了。”

欧亨尼娅把她那像雪一样又白又凉的小手伸给他。手指又细又长，是为了操纵琴键而生的。他把她的手紧握在他颤抖的手里。

“我们一定会成为朋友的，堂奥古斯托，会成好朋友的，尽管这种友谊对我……”

“什么？”

“也许在人们面前……”

“什么？快说！快说！”

“一句话，经过刚刚经受的痛苦经验后，我已经放弃了一些东西……”

“请你讲得更清楚点，小姐。讲什么不应该含含糊糊。”

“其实，堂奥古斯托，问题是清楚的，十分清楚。过去的事情过去后，当人们知道——正如我们的熟人们所知道的——你赎回了我的财产，并且这样赠送我，你认为会有人轻易地向我提出某些要求吗？”

“这个女人真狡猾，”奥古斯托心想。他低下头望着地板，不知怎么回答。当他随即抬起头来时，发现欧亨尼娅在偷偷地擦眼泪。

“欧亨尼娅！”他叫道，声音颤抖着。

“奥古斯托！”她疲惫地低声说。

“那你愿意我们怎么办呢？”

“啊，不，这是命运，仅仅是命运。我们是命运手中的玩具。这是不幸的！”

奥古斯托离开他的扶手软椅，走过去坐在沙发上，挨着欧亨尼娅。

“喂，欧亨尼娅，看在上帝分上，不要这样愚弄我了。

命运就是你，现在除了你没有别的命运。就是你，你支配我，左右我，你把我像线轴一样拿在手里旋转；是你把我最坚定的意图打破了；也是你使得我不是我了……”

他把手臂伸到她的脖子后，把她拉过来，紧紧地搂在怀里。她平静地摘掉自己的帽子。

“不错，奥古斯托，是命运让我们走到这一步。你……也好，我也好，都不能做不幸的人，都不能背弃我们自己；你不能让别人认为你是想买我，就像我一时糊涂对你讲的那样；我也不能让别人认为我是想叫你当替补人、后备者、被占有过的人，就像你对我姑妈讲的那样。我只想感谢你的慷慨举动……”

“可是，我的欧亨尼娅，别人这样或那样认为有什么关系呢？我们用什么眼睛看人呢？”

“用我们自己的眼睛！”

“好了，我的欧亨尼娅……”

他又紧紧地抱住她，同时发疯地吻她的额头和眼睛。二人呼哧呼哧地喘着气。

“放开我！放开我！”她叫道，一面理着头发，整理着衣服。

“不，你……你……你……欧亨尼娅……你……”

“不，我不，不行……”

“难道你不爱我吗？”

"爱？爱是什么？谁知道？我不知道……不知道……我不相信……"

"那我们之间……？"

"这是一种……偶然的命运，悔恨的产物……天晓得是什么……这种事情应该经过考验……再说，我们不是说好彼此做朋友，做好朋友，仅仅是朋友吗，奥古斯托？"

"不错，可是……你做的那种牺牲呢？还有，由于你接受了我们赠品，由于成了我的朋友、仅仅是朋友，不会有人追求你吗？"

"啊，这我不怕：我有我的办法！"

"难道那次破裂之后？……"

"难道……"

"欧亨尼娅！欧亨尼娅！"

这时传来敲门声。奥古斯托浑身颤抖，面孔发烧，用喑哑的声调喊道：

"什么事？"

"罗莎里奥在等你！"是利杜维娜的声音。

奥古斯托的脸色突变，成了青紫色。

"啊！"欧亨尼娅叫道，"我在这儿碍事了。是罗莎里奥在等你。你瞧，我们不能不只做朋友、好朋友、很好的朋友吧？"

"不过，欧亨尼娅……"

“罗莎里奥在等你……”

“你如果拒绝我，欧亨尼娅，就像你对我说我想买你时那样拒绝我，其实是因为你另有男朋友，那么，我见到你后已经懂得了爱，我以后该怎么办呢？难道你不知道什么是绝望，什么叫失恋吗？”

“好了，奥古斯托，把手拿下来吧。我们会再见面的。不过，过去的事是过去的了。”

“不，过去的事不是过去的事。不！不不！”

“好了，罗莎里奥在等你呢……”

“看在上帝分上，欧亨尼娅……”

“不，你不要感到奇怪，毛里西奥……也曾经等我呢。我们会再见面的。我们要严肃而忠实地对待我们自己。”

她戴上帽子，把手伸给奥古斯托。他抓起她的手，捧到嘴上发疯地吻了一阵。然后她走了出去，他送她到门口，望着她迈着坚定的步伐优美地走下楼梯。走到下面的平台后，她抬起头，用手和目光向他致意。奥古斯托转身走进小会客室，看见罗莎里奥提着衣篮站在那里，便粗暴地对她说：

“什么事？”

“堂奥古斯托，我看这个女人在骗您……”

“这跟你有什么相干？”

“您的一切都跟我相干。”

“你的意思是说我在骗你……”

“这事跟我没关系。”

“你是要我相信在我使你产生了希望之后你不嫉妒吗？”

“堂奥古斯托，您要是知道我是怎样长大的，生在什么样的家庭里，您就会明白，虽然我是个姑娘，但是我已经把嫉妒之类的东西置之度外了。我们那些跟我的地位一样的女人……”

“住口！”

“只要您愿意。不过，我要提醒您，那个女人在欺骗您。如果不是这样，如果您爱她，如果这是您的愿望，除了您跟她结为夫妻，我还有什么别的希望呢？”

“你说的全是真话吗？”

“是真话。”

“你多大了？”

“十九岁了。”

“你过来。”他用双手抓着姑娘的两个肩膀，跟她面对着面，望着她的眼睛。

奥古斯托的脸色变了，姑娘却不动声色。

“说心里话，姑娘，我不明白你的意思。”

“我相信。”

“我不知道这是什么，是天真、邪恶、嘲弄还是过早的堕落……”

“这不过是爱护。”

“爱护？为什么？”

“您想知道为什么吗？我要是告诉您，您不生气吗？您保证不生气吗？”

“哎呀，快说吧。”

“好吧。因……因……因为您是个倒霉蛋，一个可怜虫……"

“你也是这样吗？”

“只要您愿意。不过，请相信这个姑娘，相信罗莎里奥，她对您更忠实……比奥菲奥还忠实！”

“永远吗？”

“永远！”

“无论发生什么事？”

“无论发生什么事。”

“你，你是真正的……”他要抓住她。

“不，现在不行，等您平静后再说。不然……”

“别说了，我明白了。”

他们分手了。

只剩下自己的时候，奥古斯托对自己说：“这个女人和那个女人会把我束缚得失去理智的……我已经不是我……”

“我觉得少爷应该致力于政治之类的活动，”利杜维娜一边为他端饭一边对他说，“这会使你感到愉快的。”

“你怎么会产生这种想法，非凡的女人？”

“因为一个人要不被别人纠缠，最好的办法是自己寻求娱乐……你是明白的！”

“好吧，那就请马上告诉你男人多明戈，吃完饭我要跟他打一盘儿‘抓四K’……开开心。”

打牌的时候，奥古斯托突然把牌放在桌上，问道：

“你说，多明戈，当一个男人爱上两个或更多女人的时候，他该怎么办呢？”

“那得看情况！”

“什么看情况？”

“是的！如果你钱多、胆子大，就跟你爱的一切女人结婚；不然，就不跟任何一个女人结婚。”

“好家伙，这第一点是不可能的！”

“只要有钱，什么都能办到！”

“要是她们知道了呢？”

“这跟她们没关系。”

“一个女人，如果丈夫的爱被另一个女人夺去一部分，难道她不在乎？”

“如果不限制她花费，少爷，她会为她那一部分感到满意的。一个女人最恼火的是男人给她规定吃穿和其他奢侈品的定量。但是如果让她随意花费就不同了……此刻，她如果跟他有儿子……”

“有儿子怎么样？”

“要知道，真正的嫉妒来自儿子，少爷。有儿子，她就不容忍或不可能容忍另一个母亲，不能容忍把属于她儿子的东西拿一些送给别的儿子或女人。但是，如果她没儿子，不限制她吃穿、花费、摆阔，哼！甚至不招惹她，情况就不同了。如果一个男人有一个女人需要他花钱，还有一个女人不需要他花钱，需要他花钱的女人就几乎不会对不需要花钱的女人产生嫉妒。如果她不但不花他的钱，反而为他增加收入……如果他把钱从这个女人身上拿来送给那个女人，这样的话……”

“这样的话会怎样？”

“一切就如愿以偿了。你只管相信我，少爷，没有女奥赛罗[①]……”

“也没有男苔丝德蒙娜[②]。”

“可能！……”

“不过，你怎么知道这些事？”

“因为我跟利杜维娜结婚和来少爷家做事以前，我在许多阔老家里帮过忙……在他们的家里住过。”

“那在你们的阶层里呢？”

---

① 奥赛罗，莎士比亚悲剧《奥赛罗》的男主角，嫉妒心重。

② 苔丝德蒙娜，《奥赛罗》的女主角，被嫉妒的丈夫掐死。

"我们的阶层里？哼！我们不敢抱某些奢望……"

"你说的奢望指什么？"

"指戏里看到的和小说里读到的事情……"

"可是在你们的阶层中，由于嫉妒而犯的情杀罪并不多！……"

"哼！这些罪是那些……楚佬[①] 看戏和看小说看的，不然……"

"不然什么？"

"少爷，我们都喜欢扮演角色，谁也不是他本人，而是被别人制作的人。"

"你简直是个哲学家……"

"我从前的最后一位主人就这样称呼我。不过，我相信我的利杜维娜对你说过的话：你应该致力于政治。"

---

① 原文为 chulos，马德里的下层居民。

二十一

“是的，你说得对，”那天下午在娱乐场的角落里单独交谈时，堂安东尼奥对奥古斯托说。“你说得对。我的生活中有一个痛苦的、非常痛苦的秘密，你猜到了一点。你很少到我的可怜的家里来……家？不过，你也许注意到……”

“是的，有点奇怪。不知什么使人不安和痛苦，把我引向那里……”

“尽管我有儿女，可怜的儿女，但是你也许觉得那是一个没儿没女、甚至没有夫妻的家庭……”

“不知道……不知道……”

“我们从远方、很远的地方逃到这里。但是有一些东西总是和你在一起，包围着你，像一种神秘的气氛笼罩着你。我的可怜女人……”

“是的，在你夫人的脸上猜得到整个一生……”

“是痛苦的一生，你只管说好了，不错，堂奥古斯托朋友。我不清楚根据什么，是根据一种深切的同情心吧。

反正你是好人，你越亲近我们，就越同情我们。为了再一次希望自己摆脱一个负担，我要对你谈谈我的不幸。那个女人，就是说孩子的母亲，她不是我女人。”

“我猜到了。不过，如果她是你孩子的母亲，既然她作为你妻子跟你生活，那她就是你的女人。”

“不，我有另一个合法的……女人，就像人们称呼的那样。我已结婚，不过不是跟你认识的那个女人。这个女人，就是说我孩子的母亲，也已结婚，但是不是跟我。”

“啊！一对重婚……”

“不，是两对，正如你将看到的。我发疯地跟一个沉默寡言的女人结了婚，但完全是为爱情发疯。她很少开口，好像总想用一双淡蓝色眼睛说比她用嘴说得还多的话。她那双眼睛好像在睡觉，偶尔才睁开来，但那是为了迸射怒火。她的整个人就是这样，她的心，她的整个心灵，她的整个躯体，似乎总是处在睡眠状态，但会像受到惊扰似的突然醒来，可是生命的闪光一过，她很快又睡去了。那算什么生命啊！然后，好像什么也没发生，好像把发生的一切全忘记了。我们好像总处在开始生活的阶段，她好像总是重新获得生命。她同意我做未婚夫，好像在一次癫痫发作的时候。我记得是在另一次发病的时候，她在祭坛前答应跟我结婚。我从来也未能够让她告诉我她爱不爱我，结婚前和结婚后我问过她多少次，她总是这样回答：‘问什么，这是傻话。’有几次她则这样说，爱这个词儿如今只在戏里和书里用。我要是给她写一句‘我爱你！’，她会马上把我赶出来。我们以一种古怪的方式过了两年夫妻生活，每天我都得继续征服那个不可捉摸的女人。我们没有孩子。有一天夜里她不在家，我急得发疯，四处去找她。第二天我收到一封冷冰冰的短信，才知道她已经和一个男人远走高飞……”

“在此之前你一点也没怀疑，没察觉吗？……”

“没有！我妻子经常独自出门。去她娘家，去几位女朋友家。她在我面前表现的古怪的冷漠态度，使得我不可能产生任何怀疑。我从没有对那个古怪女人的行为有什么猜疑！跟她私奔的那个男人已经结婚，他不但丢下了他的女人和一个小女孩，而且带走了她的全部钱财。其实，由于他随意挥霍，所剩已经不多。就是说，他不仅抛弃了他妻子，而且偷走了她的财产，使她破了产。在我收到的那封冷淡无情的短信中，写信人暗示了拐骗者的可怜女人的处境。他是拐骗者还是被拐骗者……天晓得！我好几天睡不着，吃不下，休息不好；我什么也不干，只在最偏僻的居民区里游荡，差一点染上卑鄙下流的恶习。当我的痛苦开始消除，把痛苦化为思考的时候，我想起了那另一个不幸的受害者，即那个无依无靠、被抢走了爱情和钱财的人。既然我妻子为她造成了不幸，我觉得去向她提供资助是个良心问题，再说，钱财是上帝赐给我的。”

“后来的情况我猜到了，堂安东尼奥。”

“这没关系。我去看了她。我们初次见面的情形，你可以想见。我们都为自己的不幸哭了一场，因为两个人的不幸是共同的。我心里想：‘是由于我的女人，那个男人才把这个女人丢下的。’我心中感到——为什么不可以把真情告诉你呢？——某种深切的快意，某种说不清的心情，好像觉得自己比他有眼力，而他却不分好歹。据她后来对我讲，她也做了类似的、当然是相反的思考。我尽自己财力的可能向她提供了资助。开始她拒绝接受。‘我可以靠自己工作生活和养活女儿。’她对我说。但是我坚持着，非给她不可，她终于收下了。我提出请她为我当管家，和我一起生活，当然，我们要住在离开我们故乡很远的地方。她考虑了很久，最后也答应了。”

“当然啰，你们逃走一起生活后……”

“不，这事拖后了，拖后了点。当时的情况是共同生活，出于某种报复、恼恨等等心理的共同生活……我喜欢的不是她，而是她女儿，我妻子的情夫的不幸女儿；我使她感到了父爱，一种粗暴的父爱，就像今天我对她的爱一样，因为我那么爱她，那么爱她，是的，非常爱她，就像爱我自己的孩子。我把她抱在怀里，紧紧地搂着她，发疯地吻她，禁不住哭起来，泪水落在她身上。可怜的小女孩对我说：

‘你干吗哭呀，爸爸。’是我让她叫我爸爸，把我当爸爸的。她的可怜妈妈看到我这么哭，她也哭起来。我们的泪水偶尔落在我女人的情夫、我的幸福的盗贼的女儿那金黄色头发上。”

“有一天得知，”他继续说，“我妻子跟她的情夫生了一个儿子。那一天我的五脏六腑都翻腾起来，我忍受着从没有经受过的痛苦，我觉得自己成了疯子，真想一死了之。嫉妒，嫉妒的魔爪，空前残酷地抓着我的心。我心灵上几乎愈合了的伤口又被撕开了，流着血……流着火！我和我女人，我自己的女人生活了两年多，一个孩子也没生！现在那个强盗……！我猜想，我女人可能完全醒悟了；她正在火坑里煎熬。另一个女人，跟我共同生活的这个，看出了我的心事，就问我说：‘你怎么了？’为了孩子，我们早就约定彼此以‘你’相称。‘没什么！’我回答她说。但是末了我还是把一切告诉了她。听了我的讲述，她颤抖起来。我相信是我狂怒的嫉妒感染了她……”

“当然啰，从此后……”

“不，后来又发生了一件事。事情发生在另一种情况下。有一天，我们俩和小女孩在一起。我把她放在腿上，给她讲故事，说着傻话吻着她，她妈妈也凑过来抚爱她。就在这时，她，这个小可怜儿！把一只小手放在我肩上。把另一只手放在她妈妈的肩上，对我们说：‘好爸爸……好妈妈…… 为什么不给我生个小弟弟，像别的女孩那样跟小弟弟一块玩，我就不孤单了。’我们的脸色顿时苍白，彼此望着对方的眼睛，两个人的目光把两颗心灵完全暴露出来，让我们看得清清楚楚。为了掩饰我们的羞愧心情，我们吻起小女孩来。这些吻有的竟然改变了方向。那天夜里，在泪水和狂怒的嫉妒中，我们孕育了我的幸福的掠夺者的女儿的第一个小弟弟。”

“多么不寻常的故事啊！”

“我们的爱情——你要是愿意这样看的话——是平淡的、无声的爱情，是用火和怒构成的、没有甜言蜜语的爱情。这是我的评价。我女人，我是指我的儿子的母亲，因为我的女人是这一个，而不是那一个；我女人，正像你可能看到过的，是个好看的、也许是漂亮的女人。但是她从没有激起我火热的欲望，尽管我们共同生活。虽然后来我们终于像我对你讲的那样做了，但是我仍然觉得并不十分爱她，我甚至确信相反。然而有一次，在她的一次生产后，即生下我们的第四个儿子后，她得了重病，病得那么厉害，我以为她要死了。由于失血过多，她脸色苍白如纸，眼睛紧闭…… 我以为她要离开我了。我简直疯了，面色也白得像纸，浑身不知所措。我走到家中一个避人的角落，跪在地上祈求上帝千万不要让那个圣女死掉，哪怕把我杀死。我哭叫，掐自己的肉，抓自己的胸，抓得鲜血直流。我深知我的心何等牢固地和我的儿子的母亲的心连在一起。当她病情好转，恢复了知觉，脱离了危险后，我看到她躺在床上对着新生的生命微笑，就把嘴凑到她的耳边，对她说了我从没有对她说过和从没有以这种方式对她说过的话。她望着屋顶微笑，我把嘴放在她的嘴上，她用赤裸的双臂勾着我的脖子。我终于哭了，把泪水洒在了她的眼上。她对我说：‘谢谢你，安东尼奥，为了我，为了我们的孩子，为了我们所有的孩子……所有的……为了她，为了丽塔……我谢谢你……’丽塔是我们的大女儿，那个强盗的女儿……不，不，是我们的女儿，我的女儿。强盗的女儿是另一个，是我女人曾经呼唤的那个。现在你全明白了吗？”

“是的，明白多了，堂安东尼奥。”

“明白多了？”

“是的，明白多了。原来你有两个女人，堂安东尼奥。”

“不，不，我只有一个，就一个，就是我的孩子的母亲。另一个不是我的女人，却不知是不是她女儿的父亲的女人。”

“那么，那种痛苦……”

“法则毕竟是法则，堂奥古斯托。在别人的爱情坟墓上诞生和成长的爱情，就像依靠另一棵树的腐殖土和腐烂物生长的树，是更痛苦的。是罪恶，不错，是别人的罪恶使我们走到一起的。难道我们的结合是罪恶吗？他们割断了不应该割断的纽带，为什么我们不可以把断头结在一起呢？”

“你们没有再打听……？”

“我们一直就不想打听。再说，我们的丽塔已经是个大姑娘了，说不定哪一天就出嫁……以我的姓氏，当然，以我的姓氏，出嫁后她愿意怎么办就怎么办。她是我的女儿，不是那个强盗的，是我把她养大的。”

二十二

“那么，请问，”奥古斯托对维克多说，“你们怎样得到那个小宝贝儿的？”

“哎，我从来也不相信，从来不！在孩子降生的前夕，我们的怒火还盛得要命。当孩子极力要出世的时候，你不知道我的艾莱娜骂得我多么凶。‘是你，都怪你，怪你！’她冲我叫嚷。还有几次，她这样对我叫：‘你给我滚，我不愿看见你！你待在这儿不害羞吗？倘若我死了，就是你的罪过！’她还这样冲我喊：‘就生这一次，就生这一次！’但是孩子生下了，一切都变了。我们好像从梦中醒来，好像刚刚结婚。我高兴得失去了理智，完全失去了理智；那个小男孩使我失去了理智，我是那么昏头昏脑，人们都说我的艾莱娜由于怀孕和生产体形大变，成了个骨架子，至少老了10岁，我却觉得她比任何时候都丰满，都水灵，都年轻，甚至都富态。”

“维克多，这使我想起了我在葡萄牙听到的‘烟火制造者’的故事。”

“什么故事？”

“你知道，在葡萄牙，烟火这玩意儿，烟火制造术，是一种真正的艺术。没见过葡萄牙烟火的人，不知道用它制造的一切东西。天哪，那是一个什么样的术语啊！”

“不过，请讲你的故事吧！”

“好，我讲。故事说，在一个葡萄牙城里有一位制造烟火的人，或叫烟火制造者。他有一位非常美丽的妻子，这是他的安慰，他的快乐和骄傲。他疯狂地爱着她，但是他的虚荣心更强烈。他喜欢招引别人对他的羡慕，所以老带着妻子去散步。好像对人们说：‘你们看见这个女人了吗？你们喜欢她吗？喜欢，是吗？可是她是我的，只属于我！你们难受去吧！’他只热心于炫耀他妻子的非凡姿色。甚至企图让她成为他的最美丽的烟火产品的灵感，他的烟火的缪斯。比如有一次，他在制造一种烟火，他的美丽妻子像往常那样坐在他身边为他出主意。他点着了火药，烟火爆炸了，夫妻俩受了重伤，昏倒过去，人们只好把他们抬出来。他妻子的面部和上身烧伤一大片，致使她面目全非。变成了丑八怪；但是他，烟火制造者，很幸运：由于眼睛被炸瞎而没看见他妻子的丑模样。从此后，他仍然为他妻子的姿容感到骄傲，并向众人炫耀，仍然跟她并肩散步（如今她成了他的引路人），跟以前一样那么高傲、神气、自命不凡。‘你们看见过这么美丽的女人吗？’他问。

人们都知道他的遭遇，同情不幸的烟火制造者，便当面称赞他妻子的姿色。”

“那么，对他来说她不仍然是美丽的吗？”

“也许比以前还美丽，就像你妻子一样：给你生了个儿子后，你不是觉得她更美了吗？”

“不要这样称呼她！”

“这是你的事情。”

“是的。我不愿意听到别人这样称呼她。”

“这是常有的事。我们给某人取的绰号，听到别人呼叫我们就感到很别扭。”

“不错，据说谁都熟悉她的声音……”

“也还熟悉她的面孔。关于我自己，至少我可以告诉你，最使我感到恐惧的事情之一是背着人自个儿照镜子。对于自己的存在，我终于产生了疑问。我看见自己像另一个人，便觉得我是一个梦，一个虚幻的人物……”

“那你就别这样看自己……”

“我没法避免。我有内省的癖好。”

“那你到头来会像托钵僧的。据说他们老是注视着自己的肚脐。”

“我相信，要是一个人不认识自己的声音和面孔，那他也不认识完全属于他——仿佛是他的一部分——的任何东西……”

“譬如你妻子。”

“不错，我觉得认识那种与之同居、终于成为我们的一部分的女人似乎是不可能的。你没听过我们的一位最伟大的诗人坎波阿莫尔[①] 说过的话吗？”

“没有，是什么话？”

“他说，一个人结婚后，他要是真正为爱情结的婚，那么一开始，如果不是生气和欲火中烧，他就不能碰妻子的肉体。但是随着时间的推移，渐渐习惯了，终于有一天他就可以像摸自己的大腿一样摸他妻子赤裸的大腿了。但是也是在这样的情况下，如果必须割破他妻子的大腿，他也会觉得像割自己的大腿一样疼的。”

“不错，是这样。你不知道她生产时我有多么痛苦！”

“她更痛苦。”

“天晓得！……现在她好像是一件属于我的东西，我身体的一部分，所以我几乎没有介意说她体形变了、模样丑了的议论，就像一个人没有注意自己的体形变了、老了、难看了一样。”

“不过，你果真相信一个人没注意自己老了、丑了吗？”

“不，尽管我这么说。只是生命的发展是连续的、缓慢的。现在，我只是突然想到这件事情……不过，一个人觉得自己在变老，怎么可能！一个人能够感觉到的是周

① 拉蒙·德·坎波阿莫尔（1817—1901），西班牙诗人。

围的事物在变老或变年轻。这是我现在有了个儿子后唯一的感受。因为你已经知道做父亲的指着自己的儿子经常说的话：‘这些孩子，是这些孩子使我们变老了！’看到儿子长大是最幸福、也是最可怕的事情，我这样想。奥古斯托，你要是愿意怀抱永远年轻的幻想，那就别结婚，不要结婚。”

“不结婚我该做什么？我如何度过这时光？”

“当哲学家吧！”

“难道结婚不是最好的、甚至唯一的哲学学校吗？”

“不，朋友，不！难道你没看见有多少多么伟大的哲学家是光棍吗？现在你回想一下吧，除了当教士的哲学家外，还有笛卡儿[①]、帕斯卡尔[②]、斯宾诺莎[③]、康德[④]。”

“不要对我提那些光棍哲学家！”

“关于苏格拉底，你记得在他临终之日，为了避免他妻子詹蒂帕的烦扰，他怎样把她打发走的吗？”

“也不要对我提这个。我只愿意相信柏拉图给我们讲的故事不是别的，而是一部小说……”

“或者说一部 Nivola……”

“只要你愿意。”

---

① 笛卡儿（1596—1650），法国哲学家，数学家兼物理学家。

② 帕斯卡尔（1623—1662），法国哲学家和作家，数学家、物理学家。

③ 斯宾诺莎（1632—1677），荷兰哲学家。

④ 康德（1724—1804），德国哲学家。

奥古斯托突然打断津津有味的交谈，走了出去。

到了街上，一个乞丐走来对他说：“行行好吧，先生，看在上帝分上，我有七个孩子！……”“不该生那么多！”奥古斯托气急败坏地回答。“我真希望看见您跟我一样！”乞丐反驳道，接着又说，“如果我们不当富人……生孩子，您叫我们这些穷人做什么呢？”“你有理，”奥古斯托回答，“念你懂点哲理，过来，给你！”他给他一个比塞塔，善良的乞丐马上拿着钱跑向附近的酒店。

二十三

可怜的奥古斯托惶恐不安。这不仅是因为他像布里丹的驴子一样处在欧亨尼娅和罗莎里奥之间，而且因为他喜爱遇到的几乎一切女人，这势头不但没有削弱，反而愈演愈烈。他甚至觉得这是不可避免的事情。

“利杜维娜，你出去，快出去，看在上帝分上！你去吧，让我一个人在这儿！哎呀,你去吧！”有一次他对女佣人说。

利杜维娜刚出去，他就把双臂放在桌上，把头捧在手里，自言自语起来：“这是可怕的，是真正可怕的事情！我觉得无意之中甚至……也爱上了利杜维娜！可怜的多明戈！毫无疑问。她虽然已经五十岁，模样还挺好看，尤其是她的体态那么丰满。而当她偶尔卷起袖子，露着那么圆润的胳臂走出厨房的时候……算了，这完全是发疯！瞧她那垂下巴颏儿和脖子上的皱褶！……这是可怕的，可怕的，可怕的……”

“到这儿来，奥菲奥，”他继续说，一面把狗抓住。“你说我该怎么办呀，在我下决心结婚前我该怎样抗拒这种事呢？啊，对！有办法了，我想起一个美妙的办法，奥菲奥！我们要把这样折磨我的女人变成研究题目。你说我从事妇女心理学研究行吗？对，对，我要做两篇专题文章，因为现在这种文章很时兴：一篇的题目叫《欧亨尼娅》，另一篇的题目叫《罗莎里奥》。我要研究妇女问题。你说我的打算成吗？奥菲奥？”

他决定去问安托林·S.（或桑切斯）帕帕里戈普洛斯。此人当时从事妇女问题研究工作，虽说更多的是在书本里，而不是在实际生活中。

安托林·S.帕帕里戈普洛斯是一位所谓学识渊博的人，一位必定为祖国带来光荣岁月并澄清其受埋没的荣耀的青年。如果帕帕里戈普洛斯的名字在那些喜欢叫嚷、试图凭靠嚷嚷声引公众注目的青年中间还不被熟悉，那是因为他具有同力量有密切关系的真正品质：耐性；还因为他十分尊重公众和自己，总要把介绍自己的时刻推迟到经过充分准备觉得能够在他站的地方感到踏实为止。

他非但不凭借任何丑闻寻找别人的无知，而且要在计划写的所有文学著作中追求人类的言行所包涵的完美性，尤其注意不超越审慎和高雅的界限。他不愿意为了吸引听众而走调，而是以他那训练有素的声音加强真正民族的、纯洁的优美交响曲。

帕帕里戈普洛斯的智慧是清晰的，像一种神奇的透明体那么清晰，没有任何暗影模糊之处。他用纯净的西班牙语思考，没有丝毫北方的可怕土语，也没有巴黎街头的颓废派的方言。他用的是干净的西班牙语。他的有力而深刻的思考方式也来自于此，因为他以人民的灵魂思考，人民的灵魂支撑着他，他的精神归根于人民的灵魂。他觉得，北方的雾气在嗜饮浓啤酒的人们中间存在是自然的，而在这个有着灿烂的天空和有益于健康、搀石膏的巴尔德佩尼亚斯葡萄酒的明净西班牙却不然。他的哲学思想属于夭折的贝塞罗·德·本戈亚。本戈亚对叔本华叫了一声古怪的家伙后断言，叔本华没有想到他想到的事情，他也没有因为喝巴尔德佩尼亚斯葡萄酒不喝啤酒而变成悲观主义者。本戈亚还说，神经衰弱来自一个人管闲事，吃凉拌驴肉才能治好。

帕帕里戈普洛斯确信，说到底，一切都是形式，或多或少都是内心的形式，宇宙本身是一个多种形式彼此衔接的万花筒。他确信，经过了几个世纪的一切伟大建筑都是按照形式存在的。他以复兴时代的杰出艺术家的细心态度，驾驭用来装点他未来文章的语言。

他曾经以廉洁的努力抵制一切新浪漫感伤主义流派和那种热衷于研究所谓的社会问题的风气。他确信，在社会下层，社会问题是无法解决的，穷人和富人会永远存在，除了富人的赈济和穷人的忍耐，不能期望有更大的好转。

所以他不参与毫无益处的争论，而退避到纯洁的艺术的无瑕领域中去。那里，枯燥无味的热情波及不到，能够为幻灭的生活找到令人欣慰的庇护所。此外，他厌恶不结果实的世界主义。它只能使人类沉浸于无能为力的幻想和保守的乌托邦。他热爱他所崇拜的、未被不少的儿子了解时受尽中伤的西班牙；热爱曾经供给他文章素材的西班牙，因为那些文章为他未来的声誉奠定了基础。

帕帕里戈普洛斯把自己强大的精神力量投入了研究我国人民过去的内心活动。他的工作既是忘我的，也是坚定的。他追求的目标至少是在他的同胞们面前复兴我们的过去——就是说，他们的曾祖父母的现在——他了解那些以纯粹的幻想骗人的人们的骗局，所以他在各种古老的史料中寻找着，仔细搜寻着，以便在坚固的基石上建造起他博学的历史科学之大厦。没有一个历史事件——哪怕看来微不足道——在他的眼中不具有宝贵的价值。

他知道，必须学会通过一滴水看到宇宙。他知道，古生物学家能够凭借一块骨头恢复整个动物，考古学家可以依靠一个沙锅柄了解整个古老文明。他同样知道，不应该用显微镜观察星斗，也不应该用望远镜观察一只纤毛虫，就像幽默家们为故意看不清东西而惯常做的那样。但是他明白，虽然聪明的考古学家依靠一个沙锅柄足以恢复一种被埋葬在遗忘的坟墓中的艺术，由于他为人谦虚而不自以为天才，他还是宁肯用两个锅柄而不用一个——锅柄越多越好——宁肯用整个沙锅而不用一个锅柄。

“一切从广度上看似乎成功的东西，从深度上看则是失败的。”这是他的座右铭。帕帕里戈普洛斯知道，在一种最专门的论文中，在最具体的专题文章中，可以论述一个完整的哲理。他尤其相信不同的工作产生的奇迹，以及由捉蛙者、收集词汇者、推算日期者和用试管做各种试验的人组成的勇于献身的大军为科学带来的进步。

他们特别注意我国文学史上最棘手、最复杂的问题，例如普鲁登西奥[①] 的祖国的问题；尽管，据说由于几个白痴，最近他开始致力于对上几个世纪西班牙妇女问题的研究工作。

在那些看来微不足道的文章中，应该看到和佩服帕帕里戈普洛斯的尖锐性、审慎态度、洞察力、惊人的历史知识和批评的深刻性；应该看到他的品质，具体研究生动的问题而不陷入抽象的纯粹的理论研究；应该看到他的方式。那些论文中的每一篇都是逻辑推断的全过程。都是像莱奥内特关于柳树毛虫的著作那么杰出的不朽之作。更是一个表达对神圣真理的朴素的爱的范例。他像躲避瘟疫一样躲避自作聪明。他认为，只有养成尊重真理的习惯，哪怕在最小的事情上，我们才能正确地信仰伟大的东西。

---

① 普鲁登西奥（348—415？），西班牙拉丁诗人。

他翻译了一本通俗的《卡利拉和狄姆纳》[①]，并写了一篇关于印度文学对西班牙中世纪文学的影响的序言。但愿能够出版，因为读了它，肯定能使人民离开酒馆，脱离那种所谓经济上走投无路的有害理论。但是帕帕里戈普洛斯编写的两本巨著之一是关于默默无闻的西班牙作家的历史，就是说关于那些一般文学史中没有的或由于作品被认为微不足道而仅仅一笔带过的作家的历史。这样就纠正了时代的不公平现象，这种不公平使他感到那么难过，甚至担心。他的另一本巨著是关于那些其作品已经丢失、只知道他们的名字或至多知道所写作品题目的作家，他还准备着手编写另外那些想写作而未能如愿的作家的历史。

为了使他的研究工作取得更大的成就，在汲取了我国文学的丰富营养后，他就把注意力转向了外国文学。要做到这一点并非易事，因为他头脑笨，学外语困难，而且必须付出进行高深的研究工作所需要的时间。于是他采用了一种从他的著名导师那里学来的好办法。这就是阅读外国出版的主要评论著作和文学史，只要是法文版的。一旦发现最著名的批评家关于这位或那位作者的不完善的见解，他就马上浏览，以尽到自己的良心，并自由地修正别人的看法而无损于他作为批评家的完美无缺的形象。

① 六世纪印度的寓言集，八世纪译成阿拉伯文，1261年由阿拉伯文译成西班牙文。

显而易见，帕帕里戈普洛斯不是那般游手好闲、徘徊不定、毫无目的地在思想和幻想的王国里踱步，偶尔在这儿或那儿迸发一点转瞬即熄的火星的年轻人。不！他的倾向所遵循的路线是严格而坚定的。他属于那类具有一定目标的人。如果说他的研究工作没有什么突出之处，那是因为他攀登的全是高峰，如同高原是阳光普照、一望无际、金黄而富有营养的五谷波浪起伏的卡斯蒂利亚平原的原样复制品一样。

上帝就这样赐给了西班牙许多安托林·桑切斯·帕帕里戈普洛斯！多亏他们，我们才成了我们的传统财富的主人，才有可能从中获取巨大的收益。帕帕里戈普洛斯渴望——他渴望，因为他还在世，并继续进行研究——引进他批评的犁头，哪怕比其时先于他的演说家多一公分，好让五谷借助新的汁液长得更茂盛，让谷穗结得更丰满，谷粒更富有营养，使我们西班牙人吃到更好、更便宜的精神食粮。

我们已经说过，帕帕里戈普洛斯在继续工作和准备文章以便发表。果真如此，奥古斯托已经从双方的共同朋友那里听说他正致力于妇女问题研究工作，只是还没有发表什么，过去也不曾发表。

当然不乏另外一些学者。他们怀着特有的慈悲心肠模模糊糊地注意到了帕帕里戈普洛斯，却嫉妒他们预料的、在等待他的声誉，所以竭力贬低他。有人这样议论帕帕里戈普洛斯，说他像一只狐狸，用尾巴涂掉自己的足迹，然后在别的路上转来转去，想甩掉猎人，不让他知道它去哪里抓鸡。如果说他有什么错处的话，那就是盖完塔楼后仍然让脚手架立在那儿，不让人们赞美和看清它。也有人轻蔑地称他是个“语言癖”，好像和谐优美的语言不是一种崇高的艺术。指责他更甚者，不是说他翻译就是说他整理外国人的观点，却忘记当他运用像他使用的那么干净、纯洁、清晰的西班牙语介绍它们的时候，他已经把它们变成西班牙的，因而也是自己的了，就像伊斯拉[①]本人翻译勒萨日[②]的《吉尔·布拉斯》那样。有人还指责说，他的主要支柱是真诚地信仰环境的无知。持这种观点的人却不知道信仰是高山峻岭之间的传送带。对于这些指责者，帕帕里戈普洛斯不曾做过任何坏事。只要注意到他什么也还没有表示，所有背后议论他的人为了不保持沉默而偷偷地咬耳朵，该对人们的种种怨恨论调应做何评价就一清二楚了。

总之，对这位异乎寻常的学者，只能抱着极其冷静的态度描写，而不能追求丝毫的Nivola效果主义。

奥古斯托想到了这个人，就是说，这位学者。他知道他在从事妇女研究工作，当然是在书本上，而且论述她们

① 伊斯拉（1703—1781），西班牙作家。

② 勒萨日（1668—1747），法国作家。

时竭力加以遮掩；论述上几个世纪的妇女时，研究者比对今日的妇女更要努力加以遮掩。

这个安托林，一个孤僻的学者，由于害怕在生活中同妇女们说话和为了掩饰这种胆怯心理，他便在书上研究她们。奥古斯托前来见他，是想请他出个主意。

他一说明来意，学者就打断了他的话：

“啊，可怜的佩雷斯先生，我多么同情您！您想研究女人？我给您任务……”

“就像您那样研究……”

“需要付出牺牲。研究，无声无息、默默无闻、耐心不躁地研究，是我生存的理由。不过，您已经知道，我是一个普通的、非常普通的思想工人，收集和整理材料，好让我的后来人能够利用它。人类的作品是集体的，凡是非集体的东西都不牢固和持久……”

“伟大的天才们的作品呢？《神曲》[①]、《埃涅阿斯纪》[②]、莎士比亚的一部悲剧、委拉斯开兹[③]的一幅画……”

“这一切全是集体的，比人们想象的还要集体。例如《神曲》，就是由整个一系列……”

“是的，这我知道。”

---

① 意大利文艺复兴的伟大先驱但丁的长诗。

② 罗马文学“黄金时代”诗人维吉尔（公元前70—前19）的著名史诗。

③ 委拉斯开兹（1599—1660），西班牙画家。

“关于委拉斯开兹……顺便问一下，您知道胡斯蒂介绍他的书吗？”

对安托林来说，人类天才的伟大杰作的主要价值，甚至唯一的价值，在于它们能够激发世人写一本批评或评论著作。伟大的艺术家、诗人、画家、音乐家、历史学家、哲学家们，生来就是为了让学者写他们的传记，让批评家评论他们的作品。而一位正直的大作家的任何一句活，直到一位学者反复谈论它和引证作品、版本和那句话的页数时，才获得了它的价值。集体工作的一致性的全部问题不过是嫉妒和无能为力。他属于荷马注释者们的一类，倘若荷马本人复活过来唱着歌走进他们的办公室，他们准会把他赶出来，因为他妨碍了他们对他毫无生气的作品文本所做的工作，妨碍他们在他的作品中寻找任何一个 Apax[①]。

“不过，请问，您对女人的心理有什么看法？”奥古斯托问他。

“一个如此笼统、如此概括、如此抽象的问题，佩雷斯朋友，对于像我这样一位普通的研究者，对一个既不是天才也不想当天才的人来说，并没有什么具体意义……”

“不想当天才？”

“对，我不想当，那是坏事。好了，您提的问题对我来说缺乏具体意义。要回答必须……”

---

① 哲学家们给古籍中只碰到一次的词所取的名字。

“当然，快讲吧，就像您的另一位同仁一样，他收到您写的关于西班牙人民心理的那本书。看来他是个西班牙人并且生活在西班牙人中间，可是他只是忽然想起说，这个人讲了这件事，那个人讲了那件事，于是他写了一篇传记。”

“啊，传记！不错，我知道……”

“不，帕帕里戈普洛斯朋友，您别讲了。请您最具体地告诉我，您对女人的心理怎么看。”

“必须先提第一个问题，这就是女人是否有灵魂。”

“不可能！”

“哎，如此绝对地否定是无用的……！”

“他有灵魂吗？”奥古斯托想。然后又说：

“好的。那么，代替女人灵魂的东西，您认为是什么？”

“佩雷斯朋友，您保证保守我要告诉您的秘密吗？……尽管您不是，不是，不是学者。”

“您这样说，是什么意思？”

“我是说，您不是那种人。那种人伺机窃取别人对他人讲的最隐秘的话，然后作为自己的东西讲给人听……”

“竟会有这种事？……”

“唉。佩雷斯朋友，从本质上讲，学者就是一种小偷。这是我对您讲的。我，我，我也不例外。我们这些学者总是热衷于彼此窃取我们调查来的点点滴滴的情况，阻止别人超过我们。”

“原来如此：拥有仓库的人怀着比工厂主还重的嫉妒心保存着他的商品。应该把井水而不是把泉水保存起来。”

“可以这么说。好吧，如果您——您不是学者——答应在我揭示它以前保守这个秘密，我可以告诉您，我在17世纪一位几乎默默无闻的作家那里发现了一种关于女人灵魂的极为有趣的理论……”

“请讲吧。”

“那位作家讲——他用的是拉丁文——就像每个男人有自己的灵魂一样，所有的女人只有一个灵魂，一个集体的灵魂，就仿佛指挥阿威罗伊[①]的智力一样，分配给了所有的女人。他还说，每个女人的感觉、思想和喜爱方式的差别，由于种族、气候、营养等方面的关系，仅仅来自躯体，所以差别是微不足道的。那位作家说，女人们彼此之间比男人们彼此之间更相像，这是因为所有的女人是一个女人……”

“就是由于这个原因，朋友，所以我爱上一个女人后，马上就觉得爱上了其他一切的女人。”

“当然啰！那位极为有趣、几乎无人知晓的妇科医生说，女人比男人有更多的个性，但有更少的特点。每个女人比每个男人感到更具有个性，但是缺乏内容。”

① 阿威罗伊（1126—1198），阿拉伯哲学家、医生。

“对，对，我想我明白是怎么回事了。”

“所以说，佩雷斯朋友，您研究一个女人或几个女人是一样的。问题在于要把您所研究的女人研究透。”

“选择两个或更多的女人进行研究并加以比较，不是更好吗？因为您已经知道，现在比较研究时兴得很……”

“不错，科学是比较。不过关于女人，是不需要比较的。谁要是了解了一个女人，仅仅一个女人，就了解了一切女人，了解了女人。另外，您也知道，凡是在广度上成功的事情，在深度上是失败的。”

“的确如此，我要深入地而不是广泛地研究女人。不过，至少得研究两个……至少两个……”

“不，两个不行！绝对不行！我认为一个最好，任务也够重的了。要是不满足于两个，那至少得三个。两个不行。”

“为什么两个不行？”

“当然啰，两条线不能围成空间。最简单的多边形是三角形，至少要三条线。”

“可是三角形缺乏深度。最简单的多面体是四面体，所以至少要四条线。”

“但是两个不行，绝对不行！要是超过一个，至少得三个。您得加深对一个女人的研究。”

“我的意图正是这样。”

二十四

奥古斯托同帕帕里戈普洛斯谈完并告辞后，边走边想："如此说来，我只好放弃两个女人中的一个，或者再找第三个。不过对于进行心理研究，利杜维娜完全可以充当第三个对象——做比较用的纯粹想象的对象。这样我就有三位了；对我的想象和头脑讲话的欧亨尼娅，对我的心脏讲话的罗莎里奥，对我的胃讲话的厨娘利杜维娜。头脑、心脏和胃是灵魂的三个器官，别人称之为智慧、感觉和愿望。用头脑思考，用心脏感觉，用胃表达愿望这是无可争辩的！而现在……"

"现在，"他继续想道，"我想起一个美妙的、非常美妙的主意！我要假装重新追求欧亨尼娅，我要重新追求她，看她是不是答应我做她的未婚夫，未来的丈夫。当然我只是想作为一种心理经验试试她。我确信她会拒绝我……这是异想天开！她一定会拒绝我。考虑到过去的事，考虑到我们最后一次见面时她对我说的话。她是绝不能答应我的。我相信她是个说话算数的女人。不过……难道女人守信用吗？难道女人，这样用大写字母写的女人，在成千上万姿色强些或差些——更确切地说是前者而不是后者——的女性中是独一无二的？难道这样的女人必须遵守她的诺言吗？遵守诺言不是男人的事情吗？然而，不，不！欧亨尼娅不可能答应我，她不爱我。她不爱我，却接受了我的赠品。既然接受了我的赠品并加以享受，她何必还要爱我呢？”

“不过……倘若对她说的话表示让步，”随后他想，“她会对我说同意，接受我做未婚夫，做未来的丈夫吗？因为应该做各种设想。比如说，她要是答应我呢？那就糟了！等于让她用我的鱼钩钓住了我自己！这真正是钓鱼者反被人钓！不，不！这可不行！要是果真如此呢？唉！到那时就只能忍受了。忍受？是的，忍受。应该善于忍受美好的运气。忍受幸运也许是最困难的学问。品达不是讲过坦塔罗斯[①]的全部不幸警告他不能忍受他的幸福吗？应该忍受幸福！如果欧亨尼娅应允了我，答应了我，这样……心理学就胜利了！心理学万岁！然而，不、不、不！她不会答应我，不可能答应我，哪怕只是为了如愿以偿。像欧亨尼娅这样的女人，决不会退让的。当女人在男人面前看到她最紧迫和最永恒的目标时，她是不顾一切的……不，她不会答应我！”

① 主神宙斯之子，因烹其亲生子饷来访诸神而被罚饥渴致死。

“罗莎里奥在等你。”

利杜维娜用这句充满感情的话打断了主人的思考。

“告诉我，利杜维娜，你相信你们女人忠于自己说过的话吗？你们知道信守你们讲的话吗？”

“那得看情况。”

“这是你丈夫的口头语。不过，你要直接回答，不要像你们女人常常做的那样，往往所答非所问，而应像人们认为的那样回答别人的提问。”

“那你想问我什么呀？”

“我想问你们女人是否信守自己讲的话。”

“要看什么话？”

“什么要看什么话？”

“很明白嘛！有的话是为了信守才说的，有的话不是为了信守而说的。谁也不会受骗，因为这是个不难懂的问题……”

“好，好，让罗莎里奥进来吧。”

罗莎里奥进来后，奥古斯托问她说：

“你说，罗莎里奥，你认为一个女人应该不应该信守自己说的话呢？”

“我不记得我对您说过什么话……”

“我不是问这个，而是问你一个女人应该不应该信守她说的话……”

“噢。明白了。您这样问是为了另一个……那一个女人！……”

“不管为了什么，你认为如何？”

“我不懂这种事情……”

“没关系！”

“好吧，既然您非叫我说不可，我就说：最好不说什么话。”

“要是已经说了呢？”

“不应该说。”

“显然，”奥古斯托心想，“我不能把这个姑娘赶走。但是，既然她在这儿，我就要运用一下心理学，完成一次试验。”

“你过来，坐在这儿！”他指着他的膝部。

姑娘平静地、不动声色地听从了，仿佛是预先商定的、预料之中的事情。奥古斯托反倒慌了手脚，不知从哪里开始他的心理试验。由于不知该说什么，他就……动了手脚。他急切地把她紧紧地搂在怀里，发疯地吻她的脸，同时心里想：“我觉得做心理研究所需要的冷漠态度就要丧失了。”直到他骤然停住，仿佛心情平静了，把罗莎里奥推开，突然对她说：

“喂，你不知道我喜欢另一个女人吗？”

罗莎里奥没有出声，只是凝视着。耸了耸肩膀。

“喂，你不知道吗？”他重复道。

“这事现在跟我有什么关系？……”

“怎么对你没关系？”

“现在，没有！现在，我觉得您喜欢的是我。”

“我也这么认为，不过……”

这时发生了一件不寻常的事情，一件出乎奥古斯托的预料、不在关于女人的心理试验计划之内的事情：罗莎里奥猛地用双臂勾住了他的脖子，吻起他来。可怜的人儿几乎没有时间思考了：“现在我成了被试验的人。这个姑娘在做男性的心理研究。”不知不觉之中，他用颤抖的双手摸了摸罗莎里奥的腿肚子，感到不胜惊讶。

奥古斯托忽然站起来，接着把罗莎里奥悬空提起，一下扔在沙发上。罗莎里奥满脸羞红，任凭奥古斯托对她做什么。奥古斯托用双手抓着她的双臂，目不转睛地望着她。

“别闭眼，罗莎里奥，看在上帝分上，你别闭眼！快睁开，对，对，睁大点，再大点。让我看到我在你眼里是那么小……”

当他在那双像亮晶的镜子似的眼睛里看到自己时，他觉得他最初的兴奋心情减弱了。

“让我像照镜子似的在你的眼睛里看见我，让我看见自己那么小……只有这样我才能认识我……在女人的眼睛里看到我……”

镜子用古怪的方式望着他。罗莎里奥想："我觉得这个男人跟其他男人不一样。他准是疯了。"

奥古斯托突然离开他，看了看自己，接着又摸了摸自己，终于叫道：

"现在，原谅我吧，罗莎里奥。"

"原谅您？为什么？"

可怜的罗莎里奥的声调里流露着压倒其他任何心情的恐惧情绪。她想逃走，因为她想："当一个男人开始说不连贯的话或做不连贯的事的时候，不知道会做出什么事来。这个人要是发起疯来，很可能把我杀死。"她的眼里不由得流出几点泪水。

"对了吧？"奥古斯托对她说，"对了吧？真的，原谅我吧，罗莎里奥，原谅我吧，我不知道自己做的什么。"

罗莎里奥想："不知道就不会做。"

"现在，你走吧，走吧！"

"您赶我？"

"不，我是自卫。我不赶你，不！上帝保佑我！你要是愿意，我离开这儿，你住在这儿，免得说我赶你。"

"他肯定有病，"罗莎里奥想，觉得他挺可怜。

"你走吧，走吧，不要忘了我，嗯？"他抓着她的下巴，摸弄着。"别忘了我，别忘了可怜的奥古斯托。"

他拥抱了她，久久地用力吻了她的嘴。姑娘离开的时候，回头望了他一眼，眼睛里充满神秘莫测的恐惧。她刚刚离去，奥古斯托就暗自想道："她看不起我，毫无疑问，她看不起我。我太可笑了，太可笑了，太可笑了……不过，那个小可怜儿，对这类事情她知道什么呢？关于心理学她知道什么呢？"

倘若可怜的奥古斯托当时能够猜到罗莎里奥的心思的话，他会更绝望的。因为这位天真的姑娘一直在想："说不定哪一天，为了另一个坏女人，我要再这么开一会儿心。"

奥古斯托的心情又渐渐不安起来。他觉得失去的时光不会再带着错过的机会返回来，不由得对自己产生一股怒火。他不知道该做什么，为了消磨时间，他把利杜维娜喊来。看见她那么平静、那么肥胖地站在他面前，狡猾地冲他微笑，支配着他的心情是那么异乎寻常，他一面说"去吧，去吧，去吧！"一面走出门去。因为他一时害怕控制不住自己而扑向利杜维娜。

到了街上后，他平静了。街上的行人多得像一片密林。每人只有其立足之地，紧紧地被夹在中间。

"我的头脑正常吗？"奥古斯托边走边想。"我没有一面认为自己像正常人——什么是正常人？——那样庄重地在街上走，一面摇头晃脑、做鬼脸、出洋相吗？我认为，不看我或漫不经心地看我一眼的行人，难道不是这样而是都在注意我、对我大笑或同情我吗？……这种想法不是发疯吗？我真的疯了吗？退一步讲，即使我真疯了，那有什么呢？一个心肠善良、敏感而正直的人，如果不变成疯子，那是因为他是个不折不扣的蠢人。不发疯的人不是傻瓜便是无赖。当然这不是说无赖和傻瓜不发疯。”

“我对罗莎里奥做的事情，”他继续想道，“是荒唐的，是天真的荒唐事。她对我会怎么想呢？一个这样的姑娘对我的看法跟我有多大关系呢？……那个小可怜儿！可是……她是何等天真地顺从你啊！她是一个属于生理学的人，百分之百的生理学，完全是生理学的人，没有一点心理学的因素。所以把她当作豚鼠或小青蛙进行心理试验是徒劳的。至多能做生理学试验……不过，难道心理学，尤其妇女的心理学，比生理学复杂一点吗？要是研究生理心理学呢？女人有灵魂吗？要是从事生理心理学试验，我缺少技术修养。我没有讲过实验室……再说我也没有仪器。生理心理学需要仪器。那么，我是疯了吗？”

在匆匆忙忙赶路的、对他的焦虑漠不关心的人群中，通过这些思考排解了心中的不快后，他感到心情平静了，于是回家了。

二十五

奥古斯托去见维克多，去抚爱他晚来的儿子，去愉快地欣赏那个家庭的新的幸福生活，顺便跟他谈谈他的心情。他碰见他的朋友一人在家，就对他说：

“那本小说，或者说……是什么来着？……啊，对，叫 Nivola！……你还在写吗？我猜想，如今你有了儿子，准把它搁下了。”

“你没猜对。恰恰因为这个，因为我做了父亲，所以我才又拿起笔来。我把我满心的快活心情全写进了小说。”

“你愿意给我念一段吗？”

维克多拿来书稿，给他朋友念了一段又一段。

“我说朋友，你改变了写法！”

“为什么？”

“因为书里有些描述简直是色情，有时甚至还厉害……”

“色情？没有的事！我的描写太逼真了，但决不是色情。偶尔出现一个裸体人物，但是决不是一丝不挂……

书中有的只是现实主义……”

“不错，是现实主义，还有……”

“下流行为，对吗？”

“对，下流行为！”

“但是下流行为不是色情。这种过分逼真的描写是启发想象并引导它更深刻地观察现实的一种方式。这种过分逼真的描写是启蒙性的……描写！”

“但有点滑稽……”

“不错，我不否认。我喜欢滑稽可笑的言行。”

“这种滑稽言行实质上总是悲伤的。”

“不错。我只喜欢忧伤的笑话，悲哀的幽默。我憎恶为笑而笑，甚至为之害怕。笑不过是为悲做的准备。”

“但是那些过分逼真的可笑言行却使我产生一种难以忍受的感觉。”

“因为你是个孤僻的人，奥古斯托，你是个孤僻的人，你要明白，你是个孤僻的人……我那样写……是为了医治……不，不，不这样写为了什么，只是因为写它们我觉得开心。如果读者也感到开心，我就感到欣慰了。如果同时能够借助它们把你这样的某个孤僻的人引向摆脱双重孤独的道路……”

“双重？”

“是的，肉体的孤独和精神的孤独。”

“维克多，我想顺便……”

“噢，我知道你想对我说什么。你想跟我谈谈你的心情。一个时期以来你就不安，心神不定，不是吗？”

“是，正是。”

“我猜对了。既然这样，奥古斯托，你就结婚吧，尽快结婚吧。”

“可我跟哪一个女人结婚呢？”

“啊！有好几个，是吗？”

“你怎么也猜着了呢？”

“很简单。你倘若问跟谁结婚，别人就不会想到有好几个，也不会想到是哪一位。但是你却问跟哪一个结婚。这样别人就想到跟两个、三个、十个、八个中的哪一位了。”

“很对。”

“那你就结婚吧，跟你爱上的任何一位，跟离你最近的一位结婚。不必过多地考虑。你知道，我结婚就没有考虑，我们硬被配成了一对。”

“但是现在我在致力于女人心理学研究。”

“对女人心理的唯一研究是结婚。不结婚永远不可能从心理上了解女人。女人心理学或妇科心理学的唯一实验室是家庭。”

“不过，我办不到啊！”

“否则，任何真实的经验也得不到。一切试图做什么实验却只求安全、不肯破釜沉舟的人，永远也不可能得到什么真知。除了那个切断自己某个肢体的外科医生，你别相信其他医生；也不要把自己交给精神正常的精神病医师。你如果想研究心理学，你就结婚吧。”

“那么那些单身汉……”

“单身汉们的心理不是心理学，不过是形而上学。就是说，他们距离物理学更远些，距离自然更远些。”

“这是怎么回事？”

“跟你的情况差不多。”

“我是形而上学？我说亲爱的维克多，我不是距离自然更远，而是更近！”

“一样。”

“怎么会一样呢？”

“是的。距离自然近些跟远些一个样，正如距离空间远些跟近些一个样。看见这条线吗？”他在纸上画了一条线。“把两端无限延长，两端最终将相遇，在无限中首尾相接。一切都在无限中相遇和纠缠在一起。一切直线都是无限射线的某种程度的弯曲。同样，离自然近些和远些也是如此。不明白吗？”

“不明白，我觉得非常难理解，很不理解。”

“既然觉得这么难理解，你就结婚吧。”

“是的，不过……我的疑问太多了！”

“这更好，小哈姆雷特，这更好。怀疑吗？你就思考。思考了吗？思考后你就明白了。”

“是的，怀疑就是思考。”

“思考是怀疑，仅仅是怀疑。可以不怀疑地相信、明白和想象，无论信念、认识还是想象，都不意味着疑问，甚至可以被疑问破坏，但是要思考就得怀疑。正是疑问使信念和有点静止、平静、僵死的知识变成了有力、不平静、生动的思考。”

“那想象呢？”

“是的，这是一个疑问。我常常怀疑我应该让我的Nivola中的人物说的话和做的事。即使我让他们说了或做了什么后，我还是怀疑是不是正确，是不是真正符合他们的身份。不过……我已完全习惯了！是的，是的，作为一种思考的想象，其中的确存在疑问……”

当奥古斯托和维克多进行这番关于Nivola的谈话时。我，读者手中的这本你正在读的Nivola的作者，看到我的Nivola中的人物在为我辩护，为我的方法作证，不禁神秘地微笑了，并且对自己说：“这些不幸的人远远没有想到，他们正在做的仅仅是试图为我正在对他们做的事情进行辩护！所以当某人寻找理由为自己辩护的时候，严格地讲，他不过是为上帝辩护。而我就是Nivola中的两个可怜虫的上帝。”

二十六

奥古斯托向欧亨尼娅的住宅走去，打算进行决定性的最后一次心理学试验。尽管担心会遭到她拒绝。他在楼梯上碰到了她。他上楼的时候，她正下楼要上街去。

“是您，堂奥古斯托？”

“唔，是我。不过，既然你要出门儿，我就改日再来吧，我回去了。”

“不，我姑夫在家呐。”

“不是找你姑夫，是找你，欧亨尼娅，我得跟你谈谈。改日再说吧。”

“不，不，我们上楼，现在就谈。”

“可是你姑夫在家……”

“嗐！他是无政府主义者！他不会注意我们的。”

她硬把他拉上楼去。这个可怜虫本来摆出一副试验者的架势，现在却感到沮丧了。

他们单独走进客厅后，欧亨尼娅没有摘帽子，仍然穿着那身上街穿的衣服，对他说：

"好了，您到底要对我说什么？"

"我……我……"可怜的奥古斯托结结巴巴地说。"我……我……"

"喂，您要说什么呀？"

"我睡不好，欧亨尼娅。关于我们最后一次见面时谈的事情。我翻来覆去想了千百次。无论如何我也忍受不了。我不能忍受，不能！"

"您不能忍受什么？"

"就是这个，欧亨尼娅。这个！"

"到底什么呀？"

"这个，我们只做朋友……"

"只做朋友！……您觉得不够吗？难道您愿意我们连朋友也不做吗？"

"不，欧亨尼娅，不，不是这个。"

"是什么？"

"看在上帝分上，不要折磨我……"

"折磨您的是您自己。"

"我不能忍受，不能！"

"那您想怎样？"

"我们做……夫妻吧！"

"原来如此！"

"要如此就该开始做。"

“那您对我说的话呢？”

“我不记得说过什么。”

“那个罗莎里奥……”

“啊，看在上帝分上，欧亨尼娅，别提那个了！别再想罗莎里奥了！”

这时欧亨尼娅摘下帽子放在一张小桌上，重新坐好，然后用严肃的口吻慢条斯理地说：

“那好，奥古斯托，您毕竟是个男子汉，既然您认为自己没有义务信守自己的话，我这个女人，仅仅是个女人，当然也不应该信守自己的话。此外，我也想使您摆脱罗莎里奥和其他可以纠缠你的罗莎里奥或佩特拉之类的女人。对您的慷慨行为的感激之情办不到的事，即使同毛里西奥发生的龃龉——您看我对您是不是以诚相待——也办不到的事，同情心却办到了。是的，奥古斯托，您让我感到难过，非常难过！”说这句话的时候，她用右手轻轻地拍了拍他的膝部。

“欧亨尼娅！”他把双手伸向她，好像想抓住她。

“哎，别这样！”她叫道，同时推着、躲着他的手。“别这样！”

“那么上一次……最后那一次……”

“不错，但当时的情况不同！”

“我真蠢。”做试验的心理学家想道。

“当然，”欧亨尼娅接着说，“对一位朋友，仅仅对一位朋友，可以允许他稍微随便一些。而对于…… 直说吧，就是…… 未婚夫，却不应允许！”

“我不明白……”

“等我们结婚后，奥古斯托，我再给您解释。现在，别着急，嗯？”

“事情只好如此了，”奥古斯托心想。他觉得自己是个不折不扣的、地地道道的笨蛋。

“现在，”欧亨尼娅又说，同时站起身，“我去叫姑夫来。”

“叫他干吗？”

“干吗，向他报告呗！”

“对，对！”奥古斯托沮丧地叫道。

欧亨尼娅转眼工夫就和堂费尔明一道走来。

“你看，姑夫，”欧亨尼娅对他说，“这是堂奥古斯托·佩雷斯。他来向我求婚，我答应了。”

“好极了！好极了！”堂费尔明叫道。“好极了，过来，我的女儿，过来，让我拥抱你！太好了！”

“知道我们要结婚你这么高兴，姑夫？”

“不，使我高兴，使我激动，使我信服的是不要介绍人而由你们自己确定这件事的方式……无政府主义万岁！遗憾的是，遗憾的是要想达到我们的目的，你们还得求助当局…… 当然，在你们的内心深处是不尊敬它的，对吗？

这是出于礼貌，仅仅是出于礼貌。因为我知道，你们已经认为彼此是夫妻了。不管怎样，我，我自己，以无政府主义的上帝的名义，宣布你们结婚了！这样做足够了。太好了！太好了！堂奥古斯托,从今天起,这儿就是你的家了。”

“从今天起？”

“你说得对，是的，永远是你的。我的家……我的？我住的这所房子将永远属于你。它本来一直是我的所有兄弟们的。但是从今天起……你明白我的话。”

“是，姑夫，他明白。”

这时传来一阵敲门声，欧亨尼娅说：

“姑妈回来了！”

姑妈走进客厅，看到这幅情景，不禁叫起来：

“啊，我知道了！这么说，已经不成问题了？我早就料到了。”

奥古斯托心里想：“傻瓜，地道的傻瓜！他们合伙把我钓住了。”

“当然，今天您得留下来跟我们同桌共餐，好好庆祝一下……”堂娜艾梅林达说。

“好吧！”可怜的傻瓜不由自主地说。

二十七

于是，奥古斯托开始了一种新生活。他几乎整天都在未婚妻的家里度过，他不再研究心理学，而研究美学了。

那么罗莎里奥呢？罗莎里奥不再到他家里来。后来给他送熨好的衣服的是另外一个姑娘，她把他的衣服拿走，交给任何一个女人洗熨。他几乎不敢询问罗莎里奥为什么不来了。他能猜到，何必再问？那种蔑视——因为那只能是蔑视——他是很清楚的。他不但不感到难过，反而几乎觉得可笑。他决心把这口气出在欧亨尼娅身上。当然，欧亨尼娅仍然会说："喂，严肃点，别动手动脚！"她只配干别的事情！

欧亨尼娅极有分寸，只用目光撩拨他，刺激他的欲望。有一次，他对她说：

"我想为你的眼睛作几句诗！"

她回答：

"作吧！"

"不过，为了作好诗，"他又说，"最好你弹一会儿钢琴。

听着你弹钢琴，弹你的职业乐器，会使我产生灵感的。”

“不过你知道，奥古斯托，自从你慷慨帮助后，我慢慢放弃了我的钢琴课，就再也没有摸钢琴，我讨厌它了。它为我带来了多少烦恼啊！”

“没关系，弹弹吧，欧亨尼娅，弹弹吧，我好写诗。”

“好吧，不过就这一次！”

欧亨尼娅坐下弹钢琴。奥古斯托一面听着她弹琴一面写道：

我的灵魂远离我的肉体，
在思想的迷雾中游移，
沉浸在音乐的旋律中，
据说它歌唱的是天体。
我孤独的肉体没有灵魂，
忧伤地流浪在大地。
它们出生是为共同耕耘生活，
而不为生存在人世。
因为肉体只是物质，
而灵魂，甜蜜的欧亨尼娅！
不过是在寻求完美的精神。
但是你的眼睛像光辉灿烂的源泉，
在我的小路上出现，

并且抓住了我的灵魂，
把它从模糊的天空带到可疑的大地，
把它装入我的肉体。
从此以后，只是从此以后，
欧亨尼娅！我才有了生机。
你的眼睛如同烧红的铁钉，
把我的肉体同灵魂钉在一起，
使我梦见血在我身上沸腾，
我的思想在你的眼中变成肉体。
如果我那生命的光辉熄灭，
精神和物质分离，
我将消失在天上的雾中，
再坠入深处的贪婪的雾里！

“你看怎么样？”奥古斯托把诗读完问她。

“跟我的钢琴一样，几乎一点儿也不好听。什么‘据说……’”

“不错，是为了使诗更通俗……”

“还有什么‘甜蜜的欧亨尼娅’，我觉得是废话。”

“什么？你是废话？”

“我是说在诗中，的确是废话！此外，我认为所有的诗都非常……非常……”

"直说吧，不错，非常像 Nivola。"

"那是什么？"

"没什么，是维克多和我使用的口头语。"

"我说，奥古斯托，我们结婚后我可不喜欢什么口头语，明白吗？什么口头语，什么狗。怎样处理奥菲奥，你可以开始考虑了……"

"可是，欧亨尼娅，看在上帝分上！你是知道我怎样遇到它的，那个小可怜儿！再说，它是我的忠实朋友……！我的全部自言自语都是对它讲的……！"

"因为结婚后，你用不着自言自语了。狗是多余的！"

"看在上帝分上，欧亨尼娅，至少等我们有了孩子吧……"

"我们会有的……"

"当然，会有。既然现在没有，为什么不要狗呢？为什么不要它呢？关于狗，人们的评价非常公正，说它是人的最好的朋友，只要他有钱……？"

"不，要是有钱，狗不会成为人的朋友的，这一点我确信无疑，因为他没有钱它才为他做朋友。"

有一天，欧亨尼娅问奥古斯托：

"喂，奥古斯托，我得跟你谈一件严肃的、十分严肃的事情。我恳求你先原谅我，我再告诉你……"

"看在上帝分上，欧亨尼娅，只管说吧！"

“你知道我原来那个男朋友……”

“是的，他叫毛里西奥。”

“但是你不知道我为什么必须把那个恬不知耻的家伙撵走……”

“我不想知道。”

“这关系到你的荣誉。总之，我不得不把那个懒汉和无耻的家伙撵走，但是……”

“什么？他还在缠着你？”

“还在！”

“哼，等我撞见他！”

“不，不是这个。他纠缠我，但不是为了你所想象的目的，而是别的。”

“快说！是什么！”

“别着急，奥古斯托，别着急。可怜的毛里西奥只狂叫，不咬人。”

“噢，那你就照这句阿拉伯谚语说的做吧：‘如果遇见每一只对你叫的狗都停留，你永远走不到路的尽头。’对它扔石头没用，不理它就是了。”

“我认为有一个更好的办法。”

“是什么？”

“事先在衣袋里装一些面包块，碰见对我们叫的狗就扔给它一块，因为它是由于饥饿才叫的。”

“你是什么意思？”

“现在毛里西奥没有别的企图，只求给他找个事情做，或者一种生活方式。他说这样就让我安心，否则……”

“否则……”

“他恐吓我说，他要缠着我，伤害我……”

“厚颜无耻的东西！强盗！”

“别激动。我认为最好是给他找个什么工作。使他能够生活。或者让他到尽可能远的地方去，这样让他滚开。再说，从我这方面来说，也是一种同情，因为他那样生活太可怜了……”

“可能你是对的，欧亨尼娅。你瞧吧，我相信我能够把这件事办到。我明天就去见我的一位朋友。我看我们能够为他找到工作。”

他确实能够为他找到工作，并能把他发落到相当远的地方去。

二十八

一天早晨，当利杜维娜通报奥古斯托有一位青年在等他时，他不由得皱了皱眉头。随后他见到的原来是毛里西奥。他真想不听他说什么就把他打发走，但是这个青年吸引着他，因为他曾经是欧亨尼娅的未婚夫，她爱过他，也许在一定程度上仍然爱他。这个人可能知道那个将成为他(奥古斯托)妻子的女人的、他所不知道的心事。这个人……有些事情是跟他有关系的。

“我到这儿来，先生，”毛里西奥恭敬地说，“是想对您的巨大帮助表示感谢。由于欧亨尼娅说情，您热心为我……”

“你没有必要感谢我，我的先生。希望今后你不要再纠缠将成为我妻子的女人。”

“可是我丝毫也没有找她的麻烦呀！”

“我知道我该怎么办。”

“自从被她赶走后——自然她这样做是对的，因为我配不上她，我就尽可能设法安慰自己，忘记那件不幸的事儿，当然也尊重您的决定。要是她对您讲过别的事情……”

“请你不要再提将成为我妻子的女人，更不要提半点谎话也不说的人。你要尽力安慰自己，不要打扰我们。”

“您说得对。你们帮助我找到那个职位，我再一次向你们二位表示感谢。我要去工作，努力安慰自己。对了，我打算带走一个姑娘……”

“这跟我有什么关系，先生？”

“因为我觉得您一定认识她……”

“什么？什么？你想开玩笑吗？……”

“不……不……是个叫罗莎里奥的，她在一家洗衣铺做事，好像经常为您送熨好的衣服……”

奥古斯托的脸色白了。“这个家伙全知道了吗？”他心里想。这件事比他刚才怀疑此人可能知道欧亨尼娅的心事还使他惊慌。不过，他很快就平静下来，冲他叫道：

“你为什么对我讲这件事？”

“我认为，”毛里西奥接着说，仿佛什么也没听到似的，“应该让我们这些受蔑视的人互相安慰。”

“不过，请问，你到底想说什么？到底想说什么？”奥古斯托叫道。他想，该不该在他同罗莎里奥最后一次幽会的地方把这个人掐死。

“别这么激动，堂奥古斯托，别这么激动！我只想说我刚才说的事。她……您不愿意我提的那个女人，瞧不起我，把我赶出门。后来我就遇到了那个可怜的姑娘，一个被另一个男人瞧不起的女人……”

奥古斯托再也克制不住，他的脸色一阵白一阵红。他站起来，揪住毛里西奥的两只胳膊把他举起来，猛地摔在沙发上，却不太清楚自己想干什么，似乎是想把他掐死。这时，毛里西奥发现自己倒在沙发上，便用更冷淡的口吻冲他说：

“堂奥古斯托，现在您看看我的眼睛，您会看到您在我的眼里是多么渺小……”

可怜的奥古斯托觉得自己仿佛融化了。至少双臂的全部力量像冰一样化没了。客厅开始变成他眼前的一团雾。他想：“我是在做梦吗？”他看见毛里西奥已经站起来，面对面地望着他，脸上带着嘲讽的微笑：

“啊，没什么，堂奥古斯托，没什么！请您原谅，我是一时冲动……我太糊涂了……我没有意识到……谢谢，谢谢，再一次表示感谢！感谢您和……她！再见！”

毛里西奥刚出去，奥古斯托就把利杜维娜喊来。

“你说，利杜维娜，刚才谁跟我在这儿？”

“一个青年。”

“什么特征？”

“难道还需要讲给你听吗？”

“真的有人跟我在这儿吗？”

“少爷！”

“不……不……你要对我起誓。是不是有一个青年跟我在这儿，要告诉我他的特征……高个子，黄头发，对吗？留着髭，与其说瘦不如说胖，长着鹰钩鼻……他来过吗？”

“可是堂奥古斯托，你怕是病了吧？”

“是一场梦吗？……”

“就像我们两个没做梦一样……”

“不，两个人不可能同时梦见同一种东西。正如人们所知，如果某种东西不是只有一个人梦见，它就不是梦……”

“当然，你说得对！你放心好了！你说的那个青年来过。”

“他走的时候说什么？”

“他走时没有跟我说话……我也没看见他……”

“那你，利杜维娜，你知道他是谁吗？”

“是的，我知道。他是……未婚夫。”

“好，够了。那现在，他是谁的未婚夫？”

“没有必要知道这么多。”

“你们女人知道那么多事情，好像没人教就知道似的……”

“不错。但是反过来，别人教的事情我们反倒学不会。”

“好了，你说实话吧，利杜维娜，你不知道那个……

家伙现在跟谁相爱吗？”

“不知道。不过，我想象得到。”

“根据什么？”

“根据你说的话。”

“好的，现在请把多明戈叫来吧。”

“干什么？”

“我想知道我是不是还在做梦，你是不是他的老婆利杜维娜，还有……”

“还有多明戈是不是也在做梦？可是我认为另外有个好办法。”

“是什么？”

“把奥菲奥叫来。”

“你有道理：它不做梦！”

利杜维娜出去了，不一会儿狗就进来了。

“到这儿来，奥菲奥，”主人叫它说。“到这儿来！可怜的狗儿！你跟我在一起生活的日子不多了！她不愿意让你留在家里。我该把你送到哪里去呢？我拿你怎么办呢？没有我，你会怎样呢？你会死掉的，这我知道！当一只狗发现自己没有了主人，一定会死的。我不仅是你的主人，更是你的父亲、你的上帝！她不愿意让你留在家里，要把你从我身边赶走！你是忠诚的象征，难道在家里会妨碍她吗？天晓得……！也许一只狗能够发现它与之共处的人们的最机密的想法，哪怕它保持沉默……我必须结婚，没有别的办法，我只能结婚……否则，我将永远摆脱不掉梦幻！我必须醒来。”

“我说，你干吗这样望着我，奥菲奥？你没有流泪，可你好像在哭……！难道你想对我说什么吗？我看你不会说话很难受。我刚才还说你不做梦呢！你确实也在做梦，奥菲奥！为什么只是因为有狗、猫、马、牛、羊和其他各种动物，尤其是家畜，我们男人才是男人呢？难道没有供人类发泄兽性的家畜，人就能够有人性吗？如果人类不养马，人类的一半就不能背着另一半走吗？是的，文明的功劳应归于你们。也应归于女人们。请问，女人难道不是另一种家畜吗？如果没有女人，男人还能成其为男人吗？唉，奥菲奥，要把你赶出家门的是外来人啊！”

他紧紧地把它搂在怀里。狗舔着他的下巴，它那副神态仿佛真要哭了。

二十九

结婚的准备工作已全部就绪。奥古斯托想把婚礼办得节俭些，朴素些。但是他的未婚妻似乎更喜欢办得豪华些，隆重些。

随着婚期的临近，未婚夫急切地想动手动脚，为所欲为。她，欧亨尼娅，却更加沉默寡言。

“我说，几天后我们就不分你我了，欧亨尼娅！”

“反正一样。从现在起我们必须互相尊重。”

“尊重……尊重……尊重是和亲热不相容的。”

“这是你的看法……你毕竟是个男人！”

奥古斯托发觉她身上有一种古怪的东西，不自然的东西。有时他还觉得她竭力躲避他的目光。他想起了他母亲，他的可怜的母亲，以及他母亲总是渴望儿子娶个称心如意的妻子的心情。而现在，他很快就要跟欧亨尼娅结婚了，但是毛里西奥对他说的要带走罗莎里奥的事情却更加无情地折磨着他。他为放弃了一个机会，为处在毛里西奥和姑娘之间的可笑地位而感到嫉妒，疯狂的嫉妒和气恼。“现在他们俩肯定在嘲笑我，”他心里想。“他会加倍地嘲笑我，因为他带走了罗莎里奥。”有时，撕毁他的婚约、去说服罗莎里奥、把她从毛里西奥手里夺回来的强烈愿望，涌上他的心头。

“那个姑娘，那个罗莎里奥，现在的情况怎样？”结婚的前几天欧亨尼娅问他。

“现在你为什么对我提这个？”

“啊，你要是不愿意提往事就算了。”

“不……不……可是……”

“是的，因为有一次她打断了我们的会见……你没有再打听她的情况？”她用逼人的目光望着他。

“不，我没有再打听她。”

“现在谁在追求她，或者已经把她弄到手了……？”她把目光从奥古斯托身上转移开，注视着空中，注视着比她的视野还远的地方。

未婚夫的脑海里突然闪过某种古怪的兆头。“这个女人似乎知道什么，”他想。然后大声说：

“难道你听说过什么吗？”

“我？”她回答，假装漠不关心。又把目光对着他。

两个人之间飘着一片神秘的阴影。

“我猜想，你准把她忘了……”

“我说，你干吗老跟我谈那个……姑娘？”

“我也不知为什么！……我是想，如果谈别的事情，当一个男人所追求的姑娘被别人夺去、带走，他会多么难过？”

听了这句话，奥古斯托不禁怒火中烧。他真想冲出门，跑去找罗莎里奥，说服她，把她带到欧亨尼娅面前来。告诉她：“你看，罗莎里奥来了。她是我的，不是……你的毛里西奥的！”

距离婚期只有三天了。奥古斯托若有所思地离开他未婚妻的家。那天夜里他几乎没有入睡。

第二天早晨，他刚醒来，利杜维娜就走进他的房间。

“有一封少爷的信，刚送来的，好像是欧亨尼娅小姐的……”

“信？她的？她的信？放这儿，你去吧！”

利杜维娜出去了。奥古斯托颤抖起来，一种古怪的不安撼动着他的心。他想起罗莎里奥，接着又想起毛里西奥，但是他不想碰那封信。他恐惧地望着信封。他爬起来，洗了脸，穿好衣服，要来早餐，狼吞虎咽地吃了。“不，我不愿意在这儿看信，”他想。他离开家，去了最近的一座教堂，在教堂内一些听弥撒的信徒中间打开了信。“在这儿我必须克制自己，”他想，“因为我知道我的心会对我说什么。”信中写道：

尊敬的奥古斯托：当你看这封信的时候，我就和毛里西奥前往他上任的城镇了。多亏你的好心他才得到一个职位，我能够享有我的房产租金也是由于你的好心。租金加上他的薪金，我们就可以比较宽绰地一起生活了。我不请求你的宽恕，因为从此以后我相信你会确信我不会使你幸福，你更不会使我幸福。当你的心情平静下来后，我将再次写信向你解释现在我为什么走这一步和为什么采取这种方式。毛里西奥要我在举行婚礼的那一天，离开教堂后跟他逃走。但是他的计划太难办了。再说，我觉得那是一种无用的残酷行为。正如我曾经对你讲过的那样，我相信我们还会成为朋友的。

你的朋友

欧亨尼娅·多明戈·德尔·阿科

又及：罗莎里奥没有和我们来。她留在了你那儿，你可以找她寻求安慰。

奥古斯托颓丧地坐在了一条长凳上。过了一会儿跪下来，做了祈祷。

离开教堂后他觉得平静了。但是这是一种使他窒息的可怕平静。他向欧亨尼娅家里走去，在那里遇见可怜的姑夫姑妈正在伤心。侄女写信把她的决定告诉了他们，整夜她都没回家。在奥古斯托同他的未婚妻见最后一次面后不久，那一对儿就乘上傍黑的火车走了。

“现在我们怎么办？”堂娜艾梅林达说。

“没有什么办法。太太，”奥古斯托回答。“我们只能忍受！”

“这是一种卑鄙行为！”堂费尔明叫道。“这种事情不应该不受到惩戒！”

“您，堂费尔明，您是无政府主义吗？……”

“跟这个有什么相干？那种事情不应该那么做。不应该这样欺骗一个男人！”

“她没有欺骗那个男人！”奥古斯托冷冷地说。说了这句话后，他为自己讲话的冷漠口吻感到恐惧。

“但是她会欺骗他……肯定会欺骗他的……你只管相信！”

想到欧亨尼娅最后会欺骗毛里西奥，奥古斯托不禁感到一阵窃喜。“不过，她已经不跟我在一起了，”他对自己说，声音很低，几乎自己都听不见。

“好了，先生和太太，我为发生这种事感到遗憾，完全是因为你们的侄女。不过，我该告辞了。”

“您是理解的，堂奥古斯托，我们……”

“当然！当然！当然！不过……”

不能再耽搁了。又说了几句话后，奥古斯托就离开了那儿。

他害怕他自己，害怕他出的事情，更害怕尚未发生的事情。他忍受无情嘲弄的打击时所持的那种至少是表面的冷漠态度，那种平静的神情，使得他甚至怀疑他自己的存在。“如果我像其他人那样是个有心的人，”他对自己说，“如果起码是个人并确实存在的话，怎么会以如此相对的平静态度忍受那种打击呢？”他不知不觉地摸起自己来，甚至掐了一下，好知道自己有没有感觉。

突然他觉得有人扯他的一条腿。原来是奥菲奥。它跑出来迎接他，安慰他。一看见奥菲奥，他就感到无比快活，多么怪的事啊！他把它抱在怀里，对它说：“高兴吧，我的奥菲奥，高兴吧！我们两个都高兴吧！再没有人赶你走了，再没有人叫你离开我了，我们再也不分开了！我们将一块生活，一起生一起死。祸兮福所倚，无论灾祸多么大，幸福多么小；也不管灾祸多么小，幸福多么大。你，你是忠实的，我的奥菲奥，你是忠实的！我早就猜到了，有时你去找你的母狗，但是你不要为此而从家里逃走，不要为此而丢下我。你是忠实的。你等着吧，为了让你永远不离开这儿，我要领一只母狗来。是的，我要给你领来。现在，你是出来迎接我，安慰我的痛苦，还是拜访你的母狗回来时遇见了我？不管怎样，你是忠实的。再也没有人把你从我家赶走，再也没有什么把我们分开了。”

他走进家门。一发现独自重新待在家中，好像平静的暴风雨在他的心中爆发了。一种复杂的心情攫住了他，其中交织着忧伤，痛苦的忧伤、嫉妒、愤怒、恐惧、爱、憎、同情、蔑视，尤其是羞愧，深切的羞愧，以及他所处的可笑境地的可怕意识。

“把我害苦了！”他对利杜维娜说。

“谁？”

“她。”

他把自己关在了房间里。罗莎里奥的形象和欧亨尼娅、毛里西奥的形象同时出现在他的脑海中。她也嘲笑他。他想起了他母亲，随后躺在床上咬住了枕头，不知道该对自己说什么具体的事情，便保持沉默，不再自言自语。他觉得他的心灵仿佛麻木了，禁不住哭起来。他哭了又哭。在静静的哭泣中，他的思想融化了。

三十

维克多看见奥古斯托坐在沙发的一个角落里，眼睛紧紧地盯着地板。

“你这是怎么了？”他问他，同时把一只手放在他的肩上。

“你问我怎么了？你不知道我遭遇到的事情吗？”

“是的，我知道你身外发生的事，就是说她对你做的事。却不知道你心里有什么事，就是说，不知道你干吗这样……”

“好像不可能！”

“你失去了一次爱情，是甲的。不是还有乙的，丙的，丁的，若干个女人中某一位的爱情吗？”

“这可不是开玩笑的时候。”

“相反，这正是开玩笑的时候。”

“我不是因为失恋感到痛苦。是嘲笑、嘲笑、嘲笑！他们嘲笑我，愚弄我，把我置于可笑的境地。他们想向我证明……我知道什么……想证明我不存在。”

“多幸福啊！”

“别开玩笑，维克多。”

“为什么不能开玩笑？亲爱的实验家，你想把她当青蛙[①]，却让她把你当成了青蛙！那你就跳入水塘，呱呱叫吧，你在里头过吧！”

“再一次求你……”

“不开玩笑，是吗？可是我就是要开玩笑。现在是开玩笑的好机会。”

“玩笑是刺人的。”

“必须刺人，必须混淆。首先是混淆，将睡梦同不眠混淆，将虚构同现实混淆，将真实同虚假混淆，将一切的一切混合成一团雾。不刺人和混淆的玩笑毫无用处。孩童讥笑悲剧，老人在喜剧中哭泣。你本想把她变成青蛙，她却把你变成了青蛙。那你就接受吧，把青蛙留给你自己吧。”

“你说这一切想说明什么？”

“用你自己做实验吧。”

“是的，那我得自杀。”

“我没有说该，也没说不该。也许这是个可行的办法，但不是最好的办法。”

“那么，我就去找他们，把他们杀死。”

“为杀而杀是错误的。这样做至多可以摆脱受伤害的

---

① 含有傻瓜的意思。

心灵的仇恨。因为不止一个怀恨在心的人治愈了仇恨的伤疤，一旦解除了对所恨的人的仇恨，就对她产生了怜悯甚至爱情。邪恶的行为解脱了邪恶的感情。还因为法律会使人犯罪。”

“那我该怎么办呢？”

“你准听说过，这个世界上只有折磨和被折磨。”

“是的，嘲弄别人和被别人嘲弄。”

“不，还有第三个方面，就是自己折磨自己，自己嘲弄自己。你折磨自己吧！折磨别人者感到得意，但是不厌倦地回忆已经过去的快事，于是变成了悲观主义者。被折磨的人忍受着痛苦，不厌倦地盼望着解脱自己的苦难，于是成为了乐观主义者。折磨自己吧！折磨自己的愉快将同受折磨的痛苦混合和中和在一起，因此你将达到精神的完全平静和心理上的宁静。对你自己来说将是一种真正的快乐。”

“你，你，维克多，是你给我讲这些事情吗？”

“不错，是我，奥古斯托，我，是我！”

“可是你过去考虑问题并不这么……尖锐。”

“因为那时我没有做父亲。”

“做父亲？……”

“做了父亲后，如果他不发疯，不呆傻，人身上最可怕的东西即责任感会使他醒悟。我把人类永恒的财富交给了我儿子。如果考虑做父亲的神秘性，就必须成为疯子。大多数父亲之所以不变成疯子，因为他们是傻子……或者不是父亲。奥古斯托，你该高兴啊！她从你身边逃走了，这就使你避免了做父亲的可能。我对你说过要你结婚，但是没有说让你做父亲。结婚是一种心理学的……试验，做父亲则是病理学的……试验。”

“可是她已经使我做了父亲，维克多！”

“什么？她使你做了父亲？”

“是的，正是使我！我相信，由于这件事我才真正诞生。生下来为了受苦，为了死去。”

“不错。这是第二次诞生，真正的诞生，是因意识到不断死亡，意识到我们总是在死亡感到痛苦而生的。但是如果说你做了你自己的父亲的话，那么你也做了你自己的儿子。”

“似乎不可能，维克多，在……她对我所做的事情之后，我还在为出的事难过，还要我平静地听这些精巧的言词，这种概念游戏，这类可怕的玩笑，甚至更糟的东西，似乎不可能了。”

“什么？”

“但愿使我愉快。我恼恨我自己！”

“这是喜剧，奥古斯托，这是在所谓的良心方面，在良心的舞台上，我们既当演员又当观众，为我们自己演的喜剧。在痛苦的戏剧中，我们表演痛苦。演出时如果突然想笑，我们会感到很不协调。那种情况是发生在表演令我们感到很想笑的时候。喜剧，痛苦喜剧！”

“要是痛苦的喜剧导致某人的自杀呢？”

“那就是自杀的喜剧！”

“可真死人了呢？”

“也是喜剧！”

“那么什么是现实、真实、感觉呢？”

“谁告诉你喜剧不是现实的、真实的和可以感觉的？”

“那么？”

“我认为是一回事。必须混淆，奥古斯托，必须混淆。不混淆是错误的。”

“混淆也是错误的。”

“可能。”

“为什么？”

“因为这种事，什么巧言妙语、玩弄文字和词藻……全是开心！”

“他们确实够开心的！”

“你也一样！在自己的眼睛里你觉得自己现在比任何时候都有意思吧？如果肢体不疼，一个人怎么知道自己有肢体呢？”

“好了！那我现在做什么呢？”

“做……做……做！……哼，你已经觉得自己是戏剧或小说里的人物了！我们该满足于做……Nivola的人物了！做……做……做……！你觉得我们这样谈论还不够吗？这是表演癖，就是说哑剧癖。据说，当演员可以做许多动作、阔步行走、假装病痛和跳跃……的时候，在一出戏里会发生许多事情……‘哑剧！哑剧！演员讲话太多了！’人们还说。似乎讲话不是动作。最初是讲话，通过讲话完成一切。比如说，假若这会儿有某个……Nivola人物躲在那个柜子后，速记我们正在讲的一切并加工发表，读者们很容易说什么也没发生。然而……”

“啊，维克多，他们要是能够从里头看见我，我敢担保他们不会说这种话！”

“从里头？从谁里头？从你里头？从我里头？我们没有里头。当他们能够从他们即读者自己的里头看见的时候，才不会说这里什么也没发生。戏剧、小说或Nivola的一个人物的心灵没有其他内部，只有……”

“是的，它的作者的。”

“不，读者的。”

“我可以向你担保，维克多……”

“你什么也别担保，你还是折磨自己吧。这是可以担保的。”

“好，我折磨自己，我折磨自己。维克多，我开始像一个影子，像一种幻想。几年间，我像个幽灵一样游荡，也像一个雾的玩具娃娃，不相信我自己的存在，我想象自己变成了一个由一位隐居的天才为了取乐或解闷创造的不真实的人物。但是现在，在他们干了那种事，我受到嘲笑，残酷的嘲笑之后，是的，是现在，我感觉到了自己，摸着了自己，现在不再怀疑我的真实的存在了。”

“喜剧！喜剧！喜剧！”

“什么？”

“是的，在喜剧里，表演国王的人，就认为自己是国王。”

“不过，你这样说用意何在？”

“让你开心。此外，正如我对你讲过的，一位偷听我们谈话的 Nivola 人物在记录我们的谈话准备整理发表，我也要看看 Nivola 的读者是否会怀疑自身的真实性，并且也像我们一样认为自己是个 Nivola 人物。”

“这样做为了什么？”

“为了解脱他。”

“不错，我已听说过，艺术的最有效的解脱作用是使一个人忘记自己的存在。有人就是为了分散自己的注意力和忘记自己的痛苦才埋头读小说的……”

“不，艺术的最有效的解脱作用是使一个人怀疑自己的存在。”

“什么是存在？”

“看见了吗？你正在得到解脱：你开始折磨自己了。这个提问就是证明。‘存在或者不存在。’这是哈姆雷特讲的。他是莎士比亚创造的人物之一。”

“可是，维克多，‘存在或者不存在’这句话我总觉得是一句地道的空话。”

“话愈深刻就愈空洞。没有比无底的井更深的了。你认为最真实的东西是什么？”

“是……是……是笛卡儿的这句话：‘我思考，就存在。’[①]”

“不，是这个：A=A。”

“可是这算什么呀！”

“它同样是最真实的，因为它不算什么。不过，对笛卡儿的那句空话，你就那么坚信不移吗？”

“当然啰！”

“那好。那是笛卡儿讲的吗？”

“是的！”

“不对。因为笛卡儿不过是个虚构的人物，历史的杜撰，所以……他既不存在……也不思考！”

“那么是谁讲的呢？”

“没有人讲，是它自己讲的。”

“那么，是那种思想存在和思考了？”

---

① 即“我思故我在”。

“当然！你想想看，这就如同说存在是思想，不思想就不存在。”

“当然！”

“那你就别思考了，奥古斯托，别思考了。你要是非思考不可……”

“什么？”

“折磨自己！”

“就是说，让我自杀？……”

“这件事我可不想干预了。再见！”

维克多走了，让思绪混乱、不知所措的奥古斯托独自留在那里。

三十一

奥古斯托心中的那场暴风雨，像在可怕的平静中一样，在自杀的决定中平息了。他想结束他自己，因为他自己是他本人的不幸的根源。但是在实行他的决定之前，就像抓到一块小木板的落水者一样，他忽然想跟我即本故事的作者商量一下。当时奥古斯托读过我的一篇文章。那篇文章虽是顺便谈到自杀问题，但毕竟谈论了。就像他读过的我的其他东西一样，文章给他的印象似乎使得他在认识我并跟我谈谈之前不想离开这个世界。于是他便起程前往萨拉曼卡拜访我，因为二十多年来我一直住在该城里。

当家人向我通报他的来访时，我神秘地微微一笑，让他到我的书房来。他像个幽灵似的走进书房，望了望我的一张在那里掌管我藏书的油彩画像；我打了个手势，他就坐在了我的对面。

他对我谈起我的文学和基本属于哲学的著作，证明他相当了解它们。当然！他也没有忘记恭维我。随后便开始向我讲述他的生活和不幸。我打断他说，这方面的情况不必赘述，因为关于他的生活经历我跟他一样清楚，并举出最隐秘的细节和他认为最秘密的事情向他证明。他用恐惧的目光望了望我，仿佛瞧一个怪物。我看到他忽而脸色发白，忽而面孔扭曲，甚至颤抖起来，我使他着迷了。

“难以置信！”他重复着，“令人难以置信！要不是亲眼看到,真不能相信……不知道我是醒着还是在做梦……”

“你不是醒着，也不是做梦，”我回答他说。

“别解释了……别给我解释了，”他又说。“既然您跟我一样了解我的情况，也许您也能猜得到我的来意……”

“当然，”我对他说。“你，”我用权威的口吻强调了这个称呼，“你，被你的不幸压得喘不过气来，便产生了自杀的邪恶念头。在自杀前，你受到在我最近的一篇文章里读到的东西的推动，于是来找我商谈。”

这个可怜的汉子像一个汞中毒震颤患者似的哆嗦着，像个发怒的人那样望着我。他想站起来，可能想从我这里逃走，但是不能够，他不能支配自己的力量。

“你别动！”我命令他。

“因为……因为……”他结巴着。

“因为你不能自杀，尽管你愿意。”

“什么？”看到自己的愿望受到这样的拒绝和反驳，他叫起来。

“没什么。一个人要想杀死自己,需要什么？”我问他。

“需要自杀的勇气，”他回答。

“不，”我对他说，“需要他是活人！”

“当然！”

“可你没有活着！”

“我怎么没有活着？难道我死了吗？”他不由得摸起自己来。

“不，老弟，不！”我反驳他。“我刚才对你说，你不是醒着，也不是睡着。现在我要对你说，你不是死人，也不是活人。”

“看在上帝分上，请您一下子讲明白吧！请一下子讲明白！”他恐慌地恳求我说。“因为今天下午我看到和听到的事情是可怕的，会使我发疯。”

“好吧，亲爱的奥古斯托，”我用最亲切的语调对他说。“确确实实你不能够自杀，因为你不是活人。而且，你既不是活人，也不是死人，因为你不存在……”

“怎么我不存在！”他叫道。

“不，你不过是作为一个虚构的人物存在着。可怜的奥古斯托，你不过是我的幻想和阅读我写的关于你的虚假奇遇和厄运故事的那些读者的幻想的一个产物，你不过是小说，或 Nivola，或你愿意叫的东西的一个人物。知道了吧，这就是你的秘密。”

听了这番话，可怜的汉子用那种仿佛穿过准星看到更远的地方的锐利目光望了我一会儿，然后又望了片刻掌管我的图书的油彩画像，他的脸色和呼吸正常了，渐渐恢复了平静，能够自制了。他把双肘支在我的小床上，靠着小床站在我面前，用两个手掌托着脸，用笑眯眯的眼睛望着我，不慌不忙地对我说：

"您要当心，堂米格尔……您可别搞错了，免得使您想的和对我讲的一切恰恰相反。"

"相反会怎样呢？"我问他，看到他恢复了自己的生命感到惊讶。

"亲爱的堂米格尔，"他接着说，"不要使您而不是我变成虚构的人物，实际不存在的人，不是活的也不是死的人……不要使您仅仅成为使我的历史公诸于世的一个借口。"

"你太无礼了！"我有点不满地叫道。

"您别这么激动，德·乌纳穆诺先生，"他回答说。"平静点吧。您表示了对我的存在的怀疑……"

"怀疑？不！"我打断他的话。"绝对相信，除了在我的小说里，你是不存在的。"

"好的。不过，如果我也怀疑您的存在而不是我自己的存在的话，您就不要这么恼火。我们还是说正题吧。难道不正是您一而再、再而三地说堂吉诃德和桑乔不但跟塞万提斯一样真实，而且比他还真实吗？"

“我不能否认，不过我说这个的意思是……”

“算了，我们丢下那些‘意思’，谈谈别的吧。当一个人死死地睡在床上梦见什么的时候，什么更存在呢？是作为做梦的意识的他还是他的梦？”

“他要是梦见他自己即做梦的人存在呢？”我反问他。

“在这种情况下，堂米格尔朋友，我就问您：他作为做梦人或被他自己梦见的人，是以什么形式存在的？此外，请您注意，在容许跟我进行这种争论的时候，您已经承认我的独立存在了。”

“不，不是这样！不是这样！”我坚决地对他说。“我需要争论，没有争论我就不能活，不能反驳。如果在我之外没有人跟我争论和反驳，我就得在自身内创造一个起同样作用的人。我的自言自语就成了对话。”

“也许您编造的对话不过是自言自语……”

“可能，不过我告诉你，再一次告诉你，离开我你是不存在的……”

“我也重新提醒您：您是个离开我和其他您以为创造的人物不能存在的人。我确信堂阿维托·卡拉斯卡尔和伟大的堂富尔亨西奥[①] 是赞成我的看法的……”

“别提那个……”

“好，够了，您别责怪他。您说吧，对我自杀的问题

---

① 这两人均为乌纳穆诺《爱情与教育学》中的人物。

您怎么看？”

“我认为，鉴于你只在我的想象中存在——我再一次向你指出这一点——你只应该和只能够照我的意愿做事。再说，我也不真正愿意你自杀，所以你不能自杀。我说话算数！”

“‘不真正愿意’的说法，乌纳穆诺先生，太西班牙化了，而且很糟糕。此外，即使您的古怪理论——我不真正存在，您真正存在；我不过是个虚构的人物、你的小说或 Nivola 的产物——可以成立，在这种情况下我也不应该屈服于您的所谓真正愿望和怪癖。甚至所谓的虚构人物也有其内在的逻辑性……”

“是的，我知道这种老生常谈。”

“事实上，一位小说家，一位剧作家，绝对不能对他创造的人物为所欲为；一个虚构的小说人物绝不能违背正确的艺术原则去做任何读者希望做的事情……”

“一个小说人物也许……”

“是吗？”

“但是一个 Nivola 人物……”

“不谈这些使我恼火、刺伤我心灵的滑稽可笑之事了。要么因为我自己（我认为），要么因为您给的（在您看来），反正我有我的性格，有形成我的内在逻辑的方式。正是这种逻辑要求我自杀……”

“你自以为如此，然而你错了！”

“您说，为什么我错了？我错在哪里？请指出我的所错之处吧。由于最困难的学问是认识自己。我是容易错的，也许自杀不是解决我的不幸的最合乎逻辑的办法，但是请给指出来吧。因为如果自己认识自己困难的话，堂米格尔朋友，我觉得别的认识并不比这种认识容易……”

“那是什么？”我问他。

他带着既神秘又嘲弄的微笑望了望我，慢吞吞地对我说：

“一位小说家或一位剧作者清楚地认识他虚构的或自认为虚构的人物比一个人认识自己还要困难……”

听到奥古斯托的惊人之语，我开始感到不安，失去了耐心。

“我坚持认为，”他又说，“即使同意是您创造了我这个人和虚假的人，您也不能随随便便，没什么，像您说的因为您愿意，就阻止我自杀。”

“好了，够了！够了！”我叫起来，同时在小床上砸了一拳。“住口！我不愿意再听你胡说八道了！……你是我的人物！一则因为你已经叫我讨厌，二则我已经对你没有办法，所以我现在就决定：不是要你自杀，而是我杀死你。那你去死吧，只是要快点，马上就死！”

“什么？”奥古斯托惊叫起来，“您让我死？把我弄死？

把我杀死？”

“是的，我要叫你死！”

“啊，绝对不行！绝对不行！绝对不行！”他大叫。

“怎么！”我对他说，同情地望着他。“既然你愿意自杀，怎么又不愿意让我杀死？既然你想了却一生，怎么又拒绝让我动手？”

“不错，但不是一回事。”

“确实，我听人讲过类似的情况。有一个人晚上带着手枪出了门，打算到外头去自杀。几个强盗走来想抢他，向他发动进攻，他进行自卫，杀死一个强盗，其他的逃走了，他看到那个人替他死了，就放弃了自杀的念头。”

“可以理解，”奥古斯托说。“重要的是结束一条生命，杀死一个人。他既然杀死了另一个人，他干吗还要自杀？大多数自杀是失败的；由于缺乏杀死他人的勇气才杀死自己……”

“啊，我理解你了，奥古斯托，我理解你了！你的意思是说，你要是想杀死欧亨尼娅或毛里西奥他们俩，就不会想到杀死你自己了，对吗？”

“请您注意，我想杀死的恰恰不是……他们！”

“那么是谁？”

“是您！”他望着我的眼睛。

“什么？”我叫道，同时站起身。“什么？难道你产生过杀死我的念头？你？你要杀死我？”

“坐下吧，不必激动。我说，堂米格尔朋友，您认为一个虚构的人物，正如您对我的称呼一样，杀死那个自认为虚构了他的人是破天荒第一次吗？……”

“这种事相当多，”我说，一面在我的书房里踱步。“这种事多得是！这样的事只发生在……”

“只发生在 Nivola 中。”他用嘲讽的口吻结束说。

“好了，够了！够了！够了！这是不能容忍的！你来跟我商谈，开始你跟我争论我自己的存在，后来又跟我争论我对你为所欲为的权利，是的，就是这么回事，我想怎样就怎样，想干什么就干什么……！”

“您别这么西班牙化，堂米格尔……”

“我就是这样，傻瓜！当然是这样，我是西班牙人，我生在西班牙，受的西班牙教育，具有西班牙的肉体和西班牙的精神，讲的是西班牙语言，甚至信仰和职业也是西班牙的。我首先是西班牙人，西班牙主义是我的信仰，我相信的天空是一个美妙的、永恒的西班牙，我的上帝是西班牙的上帝，我主的上帝是堂吉诃德。一个用西班牙语思考和用西班牙语说‘要有光’的上帝，用的动词是西班牙动词……”

“那么，还有什么？”他打断我的话，使我回到了现实。

“后来你又提出了杀死我的想法。杀死我？杀我？你吗？让我死在我的人物手里！我不能再容忍，为了惩罚你的狂妄和对我胡说的败坏性的、古怪的、无政府主义的论调，我决定宣判你死刑，回到家后你就死。你一定死，我告诉你，你一定死！”

“不过，看在上帝分上！……”奥古斯托大叫，用的是哀求的口吻，怕得发抖，面色发白。

“没有上帝能保佑你。你必须死！”

“可是我想活着，堂米格尔，我想活着，我想活着……”

“你不是想自杀吗？”

“啊，倘若为了这个，我向您起誓，乌纳穆诺先生，我不自杀了。我不了却您或上帝赐给我的这条生命了。我对您起誓……现在您想杀死我，我想活着，活着，活着……”

“生命算什么！”我叫道。

“是的，不算什么。可我想活着，哪怕再受到嘲弄，哪怕另一个欧亨尼娅和另一个毛里西奥撕碎我的心。我想生活，生活，生活……”

“已经不可能了……不可能了……”

“我想活着，活着……我愿意成为我、我、我。”

“可是你只是我想……”

“我愿意成为我，成为我！我想活着！”他用要哭的声调说。

“不可能……不可能……”

“堂米格尔，您要为您的儿子、妻子着想，为您喜爱的东西着想…… 当心您别成为要死的人……”

他跪在了我的面前，哀求、叫喊：

“堂米格尔，看在上帝分上，我想活着，我愿意成为我！”

“不可能，可怜的奥古斯托，”我对他说，同时抓住他的手，拉他起来。“不可能！我已经把这件事写成书了，不可挽回了。你不能再活了。我不知道该拿你怎么办。当上帝不知拿我们怎么办的时候，就把我们杀死。我没有忘记你头脑里闪过杀死我的念头……”

“可是如果我，堂米格尔……”

“没关系，我知道我该说什么。我担心的是，事实上，如果我不马上杀死你，你会最终杀死我。”

“那么，我们不能变成……？”

“不行，奥古斯托，不行。你的末日到了。我已经写完了，不能后退。考虑到生命可能对你起的作用，你必须死去。……”

“可是，看在上帝分上！……”

“没有什么‘可是’，也没有上帝能够保佑你。你去吧！”

“这么说，不行，对吗？”他对我说。“这么说，不行？您不愿意让我成为我，不愿意让我摆脱迷雾，不愿意让我生活，生活，生活，不愿意看见我，听我说话，碰我，感觉我，同情我，成为我。这么说，您是不愿意？我得作为虚构的人物死去了？好吧，我的创造者堂米格尔，您也要死，您也要死，像来自虚无那样重新回到虚无中去！……上帝将不再梦见您！您将死去，是的，您将死去，尽管您不愿意。您将死去，所有读我的故事的人都将死去。将统统死去，一个也不剩！跟我一样的虚构人物，结局都将跟我一样！所有的人，所有的人，所有的人都要死去！这就是我，奥古斯托·佩雷斯，跟你们一样的虚构人物，跟您一样的 Nivola 人物，对你们说的。因为您，我的创造者，我的堂米格尔，您也不过是另一个 Nivola 人物，您的读者们也是虚构的人物，跟我一样，跟奥古斯托·佩雷斯一样，跟您的牺牲品一样……”

“牺牲品？”我叫道。

“不错，是牺牲品！您创造了我，再让我死！您也会死的！创造者，被创造；被创造者，一定死。您将死去，堂米格尔，您将死去，一切想到我的人都将死去！死去吧！”

这种来自生的热情和不死的渴望的巨大努力，使可怜的奥古斯托精疲力尽了。

我把他推到门口。他低着头出去了。然后他摸了摸自己，仿佛还在怀疑他自己的存在。我擦去悄悄涌出来的一滴泪水。

三十二

就在那天夜里，奥古斯托离开了他为见我而来的这个萨拉曼卡城。他上路时心头压着死亡的判决，确信自杀难以实现，尽管他要尝试。可怜的人儿想着我的判决，尽量地拖延着回家的时间。但是一种神秘的吸引力，一种内心的冲动，把他推向他的家。他的旅行是痛苦的，他在火车上计算着分钟，而且一点不差地计数着：一分、二分、三分、四分……他的全部不幸，同欧亨尼娅和罗莎里奥相爱的全部悲伤的梦幻，关于他那失败的婚姻的全部又悲又喜的故事，统统从他的记忆中抹掉了，或者更确切地说，统统凝聚成了一团雾。他几乎感觉不到自己所坐的位子，也感觉不到自己的体重："难道我真真切切不存在吗？"他心里想。"这个人说我不过是他的幻想的产物，一个纯属虚构的人物是对的吗？"

他的生活最后是极端悲伤、极端痛苦的。但是想到那一切不过是幻梦，而且不是他的幻梦而是我的幻梦，他就更加悲伤，更加痛苦。他觉得不存在比痛苦还可怕。一个人梦见他活着……这没什么，但是别人梦见他！……

“为什么我不可以存在呢？”他心想。“为什么呢？假如真的是那个人虚构的我，幻想的我，在他的头脑里产生的我，那么我在其他人，在读我的生活故事的人的头脑里就不是活人吗？如果我这样活在若干人的幻想里，难道属于若干人而不属于一个人的东西不是真实的吗？为什么来自那本描述我的虚构生活的书或更正确地说来自读它的那些人——现在正读它的你们——的头脑，我就不可以像一个永生的、永远痛苦的灵魂那样生存呢？为什么呢？”

可怜的奥古斯托不能休息。卡斯蒂利亚的荒山野岭从他眼前掠过，时而是圣栎树林，时而是松树林。他观望着白雪皑皑的群山之巅。当他看到他生活中的男女同伴的形象笼罩在浓雾中的时候，他觉得自己被拖向了死亡。

他回到家，敲了门，给他开门的利杜维娜看见他时大惊失色。

“怎么回事，利杜维娜，你干吗这么恐惧？”

“天哪！天哪！少爷不像是活人，更像死人……你这面孔像是从阴间来的……”

“我从阴间来，还要回阴间去。我不是死人，也不是活人。”

“可是，难道你疯了吗？多明戈！多明戈！”

“别喊你丈夫，利杜维娜。我没有疯，没有！我再说一遍，我不是死人，虽然我很快就死。我也不是活人。”

“可是，你说的什么呀？”

“我是说我不存在，利杜维娜，我不存在，我是一个虚构的人物，就像小说里写的人物……”

“咳，那全是书里的事！吃点补身子的东西，上床盖上被子睡吧，别理会那些编造的事情……”

“我说利杜维娜，你相信我存在吗？”

“得了，得了，丢开那些胡诌的玩意儿吧，少爷。去吃晚饭吧，吃完去睡觉！你会慢慢好起来的！”

“我思考，就存在。”[①] 奥古斯托心想。然后又想：“思考的一切是存在的，存在的一切是思考的。是的，存在的一切是思考的。我存在就思考。”

起初他一点儿也不想吃晚饭。只是考虑到习惯和答应他忠实的仆人们的恳求，他才要他们拿来两个煮鸡蛋，外加一杯清淡饮料。但是他吃着吃着，胃口便奇怪地大开，不禁狼吞虎咽起来。他又要了两个鸡蛋，然后又要了一块牛排。

“好，好，”利杜维娜对他说。“你吃吧，那准是因为你太虚弱了，没别的原因。谁要是不吃饭，谁就去阴间。”

“吃饭的也要去，利杜维娜，”奥古斯托悲伤地说。

---

① 即笛卡儿的名言。

“是的，不过那不是饿死的。”

“饿死的跟得什么病死的有什么不同？”

然后他想：“不过，不能，不能！我不能死，只有活人、存在的人才会死。由于我不存在，所以我不会死……我是永生的！只有像我这样既不曾出生也不存在的东西才是不死的。一个幻想的人物是一种思想，而思想永远是不死的……”

“我是不死的！我是不死的！”奥古斯托叫起来。

“你说什么？”利杜维娜走过来问。

“现在给我拿……拿什么！……白葡萄酒煮的火腿、凉菜、鹅肝，全拿来……我觉得胃口好极了！”

“我就愿意看见你这样，少爷，太好了。吃吧，吃吧，有胃口的人就健康，健康的人就长寿！”

“可是，利杜维娜，我不是活人呀！”

“喂，你说什么？”

“是的，我不是活人。我们不死的人不生活，我不生活，我是幸存者，我是思想，是思想！”

他开始吃白葡萄酒煮牛排。“我能吃东西，”他心想，“为什么我没有活着呢？我吃饭就存在！毫无疑问，吃饭，就存在。可如此贪婪的胃口原因何在？”于是他想起好几次谈到过的事：被判处死刑的人在等待处决的时候总是拼命地吃喝。“这种事，”他想，“我从来也未能体验过！……

勒南[1] 在他的《女修道院院长茹阿尔》里讲过这么一件事：一对被判死刑的夫妻死前本能地想通过再生仍然活下去，但是得吃饭！……尽管，一点不错，是肉体进行自卫。灵魂知道它要死去时，很痛苦或者很不安。但是肉体——如果是健康的肉体——却产生一种疯狂的食欲，因为肉体也知道要死了。是的，这是我的肉体，是我的肉体自卫。于是我贪婪地吃饭，然后再死去。”

“利杜维娜，给我拿干酪、饼……水果……”

“我看你要的太多了，少爷，太多了。你会吃坏的！”

“你不是说吃饭者能活吗？”

“当然，不过不能这样，不能像你这么吃……你知道，我的少爷，阿维森纳[2] 能治病，晚饭更能杀死人。”

“晚餐不会把我杀死。”

“为什么？”

“因为我没有活着，我不存在，我已经告诉你了。”

利杜维娜去叫她丈夫，对他说：

“多明戈，我看少爷是疯了……他讲了一些古怪的事……书里才有的事……说他不存在……讲了好多！……”

---

① 勒南（1823—1892），法国作家、哲学家、史学家。

② 阿维森纳（980—1037），阿拉伯哲学家、医生，人称“医生之王”。

“怎么回事，少爷？”多明戈走进来问他，“你怎么了？”

“啊，多明戈，”奥古斯托用幽灵般的声音回答，“我没有办法，我觉得睡觉可怕极了！……”

“那你就别睡了。”

“不，不，我必须躺下，不能站着。”

“我看少爷应该去散步，下下食。晚饭你吃得太多了。”

奥古斯托想站起来。

“你看，多明戈，看见吗？我站不住。”

“当然啰，你肚子里装了这么多……”

“恰恰相反，有东西压着会站得更稳。问题是我不存在。知道吗，吃晚饭时我觉得这些东西仿佛从我的口里掉进一只无底的桶里似的。现在好些了。谁吃饭谁就活着。你说的对，利杜维娜，但是像我今天晚上这么吃的人是由于绝望，因为他不存在。我也不存在……”

“得了，得了，别说傻话了。喝你的咖啡和酒吧，好加速消化。去散散步吧，我陪你去。”

“不，我不能够站着，看见吗？”

“的确。”

“来，你来扶着我。希望你今晚睡在我的房间里，躺在为你准备的垫子上，守着我……”

“少爷。最好我还是不睡，坐在那把椅子上就行了。”

“不，不，我愿意你躺下，睡觉。愿意你睡觉，听见你打呼噜，最好……”

“就这么办吧。”

“喂，现在请给我拿张纸来，我要拟一封电报，我一死你就替我发出去……”

“我说，少爷……！”

“听我的话！”

多明戈听从了。他给他拿来纸和墨水，奥古斯托写道：

萨拉曼卡

乌纳穆诺：

您的目的达到了。我死了。

奥古斯托·佩雷斯

“我一断气你就送出去，记住吗？”

“一定照办。”仆人回答，不愿意跟主人争论了。

两个人到卧室去了。脱衣服时奥古斯托的双手直哆嗦，连衣服都捏不住了。

“你替我脱！”他对多明戈说。

“我说，少爷，你这是怎么了？你好像看见魔鬼了！你脸色发白，浑身冰凉。想叫大夫来吗？”

“不，不，没用！”

“给你暖暖床铺吧。”

“干什么？算了！把衣服脱光，给我脱光。让我像母亲生我时那样。像我出生时那样……既然我是那样生的！”

“别提那些事了，少爷！”

“现在你把我抱到床上，你把我抱到床上，我自己动不得。”

可怜的多明戈惶恐地把可怜的主人抱到了床上。

“现在，多明戈，你来慢慢地对我念天主经、万福马利亚和圣母颂。对……对……慢慢地……慢慢地……”他默诵了一遍后说：“喂，现在请抓着我的右手，拉一拉，我觉得这只手不是我的，像掉了似的……帮助我画十字……对……对……这只胳膊准是死了……你摸摸我还有脉吗……现在让我试试能不能睡一会儿……给我盖上，盖严一点……”

“好的，最好你能睡着。”多明戈对他说，一面把被头给他拉了拉。“睡一觉就好了。”

“是的，睡一觉就好了……不过，你说，除了睡觉、做梦，我从没有干过别的吗？这一切都不过是一团雾吗？”

“好了，好了，别说那些事了。这一切，就像利杜维娜说的，只有书里才有。”

“书里才有……书里才有……什么事情不是书里的，多明戈？难道在有这样那样的书以前，在有故事以前，在有语言以前，在有思想以前，有什么东西吗？难道思想结束之后会剩什么东西吗？书里才有的事！谁不是书里的事？你认识堂米格尔·德·乌纳穆诺吗，多明戈？”

“是的，我在报上读过他的东西。据说那位先生有点古怪，总爱说不合时宜的实话……”

“可是，你认识他吗？”

“我？干什么？”

“乌纳穆诺也是书里的事情……我们都是书里的……他将死去！他也要死去，尽管他不愿意……他也要死去！这是我的报复。不让我活着吗？那他就死去，死去，死去！”

“好了，让那位先生安心吧。当上帝召唤的时候，让他死吧。你，睡你的觉吧！”

“睡觉……睡觉……做梦……”

“死亡……睡觉……睡觉……也许做梦！”

“我思考，就存在。我存在，就思考……我不存在，不！我不存在……我的妈！欧亨尼娅……罗莎里奥……乌纳穆诺……”他睡着了。

过了一会儿他坐起来，脸色发青，气喘吁吁，眼睛发黑，表情恐惧，紧紧地盯着黑暗，叫道：“欧亨尼娅，欧亨尼娅！”多明戈凑到他面前。他把头垂到胸前，死了。

医生赶来的时候，开始以为他还活着，说要给他放血，给他抹芥末膏。但是，随即相信了悲惨的事实。

“他是心脏不好……心力衰竭致死。”医生说。

“不，先生，”多明戈回答，“是消化不良。晚饭他吃得太多了，这不是他的习惯，从没有这么吃过，好像他想……”

“不错，他想补偿将来吃不到的东西，对吗？心脏可能预感到了他的死。”

“不过，”利杜维娜说，“我认为是脑袋上的病。的确，晚饭他吃得太狼吞虎咽了。但是，他好像不知不觉地说了些胡话……”

“什么胡话？”大夫问。

“他说他不存在等等类似的胡话……”

“是胡话吗？”大夫嘟哝着说，仿佛对自己说。“谁知道他存在不存在？他自己更不知道了。一个人最不清楚自己的存在……他对其他人来说才是存在的……”

然后他又高声说：

“心、胃和头这三部分是一回事。”

“是的，都是躯体的组成部分。”多明戈说。

“躯体是一件东西。”

“毫无疑问！”

“不过，比你相信的多……”

“我的先生，您知道我相信多少东西？”

“这也不错。我看你不笨。”

“我不认为自己聪明，大夫先生，但我不明白那种人：他们把遇到的任何人都当成傻瓜。只要他还没有证明相反。”

“好了，正像我一直讲的，”大夫接着说。“胃负责加工造血用的液汁；心脏用血液浇灌头脑和胃，好让它们运转；头脑指挥心脏和胃的运动。所以说，这位奥古斯托先生是这三个方面的病患致死的。总的来说，就是整个身体患病所致。”

“可是我认为，”利杜维娜说，“我们少爷的头脑里早就产生了死的念头。一心想死的人，当然！最后一定会死。”

“不错！”大夫说。“如果一个人不相信死，也没有处于垂死的状态，也许不会死。但是一旦稍微产生必须死的疑虑，他就完了。”

“我的主人属于自杀，仅仅是自杀。他的目的达到了！”

“也许因为苦恼……”

“他很苦恼，非常苦恼！为了女人！”

“明白了！明白了！不过，总之，已经没有办法，只好准备埋葬了。”

多明戈哭了。

三十三

当我收到报告可怜的奥古斯托死去的电报并随后得知他死的全部情况后，我曾反复思考，那天下午他来见我，跟我商议他自杀的打算时，我对他讲的那些话是否合适。我甚至后悔让他去死。想来想去，我觉得他是对的。应该满足他的愿望：自杀。于是我想到，是不是让他复活。

“对。”我对自己说，“我要让他复活，然后他愿意怎么做就怎么做。要是他非自杀不可，就让他自杀。”我带着让他复活的想法进入了梦乡。

我入睡不一会儿，奥古斯托就出现在我的梦中。他面色苍白，像雪一样白。周身发亮，仿佛披上落日的余晖。他注视着我。对我说：

“我又来见您了！”

“你来干什么？”

“跟您告别，堂米格尔，跟您告别，永别了。即使这样，我还是来命令您，而不是恳求您，把关于我的奇遇的Nivola 写完。”

“已经写完了！”

“我知道，全都写了。但是我还告诉您，您打算让我复活，然后让我自己了却一生的想法是愚蠢的。不但愚蠢，而且也是不可能的……”

“不可能？”我对他说，当然全是在梦里。

“当然，不可能！我们在您的书房里见面交谈的那天下午，您记得吗？当时您是醒着的，不像现在这样在睡梦中。我曾对您说，我们，就是您说的虚构人物，有我们的逻辑，虚构我们的人企图对我们为所欲为是徒劳的。您记得吗？”

“是的，我记得。”

“所以现在我敢说，尽管您如此热爱西班牙，您做什么事的愿望也没有。对吗，堂米格尔？”

“对，什么愿望也没有。”

“处在睡梦状态的人，没有做任何事情的愿望，确确实实没有。”

“感谢我在睡觉吧！”我对他说。“否则……”

“也一样。关于让我复活的事，我得告诉您，您是办不到的，即使您愿意，即使您梦里愿意，也办不到……”

“可是，你！”

“是的，您可以生产和杀死一个虚构的人物，就像对一个有血有肉的人，就是您说的那种有血有肉，而不是有肉的虚构和有血的虚构的人，但是一旦把他杀死，就不能够再让他复活，不能！创造一个注定会死的、有肉的、有血有肉的、呼吸空气的人，不幸得很，是一件容易的事，很容易、极其容易的事……杀死一个注定会死的、有血的、有血有肉的、呼吸空气的人，不幸得很，也是一件容易的事，相当容易的事……但是，复活他吗？复活是不可能的！”

“的确，”我对他说，“不可能！”

“一样，”他回答我说，“您所谓的虚构的人物也一样。给我们生命是容易的，也许相当容易；杀死我们也是容易的，十分容易，可能相当容易。但是，使我们复活吗？没有人使一个真正死去的虚构人物真正复活。您认为使堂吉诃德复活可能吗？”他问我。

“不可能！”我回答。

“我们这些虚构人物的情况也正是这样。”

“我要是再梦见你呢？”

“同一个梦不会出现两次。您再次梦见并以为是我的那个人将是另外一个人。而现在，您正在睡觉和做梦。您也承认这一点：我是一个梦，我也承认这一点。现在我要再次把上次对您讲的、使您那么激动的话，对您讲一遍：您要当心，我亲爱的堂米格尔，您可别变成虚构的人物。实际不存在的人，不活也不死的人。您也别成为我的故事和世上流传的像我这故事的其他故事的一个借口。此外，等您完全死亡后，我们将把您的灵魂带走。不，不，您不必惊慌。尽管您在睡觉和做梦，您还是个活人。好了，再见吧！”

他随即消失在黑雾中。

后来，我梦见自己要死去。幸好在我梦见剩下最后一口气的一瞬间，由于感到窒闷，我醒了。

这便是奥古斯托·佩雷斯的故事。

仿照尾声写的悼词

在小说的末尾，英雄或主人公死后或婚后，作者往往要交代一下其他人物的命运。我们在此不因袭这种习惯：既不因此而对欧亨尼娅和毛里西奥、罗莎里奥、利杜维娜和多明戈、堂费尔明和堂娜艾梅林达、维克多和他的女人，以及其他一切出现在奥古斯托周围的人物的结局做任何交待，也不说明人们对奥古斯托的奇怪死亡之所感和所想。只有一个角色例外，这就是对奥古斯托的死最深切、最真诚地感到痛心的奥菲奥，他的狗。

奥菲奥实际上成了“孤儿”。当它嗅到死在床上的主人，嗅到主人死去的时候，它那狗的心灵顿时被一团黑色的浓雾包围。它有关于其他死亡的经验：它嗅过和见过死狗死猫，咬死过一只老鼠，嗅过人的尸体。但是它相信它的主人是不会死的。因为对它来说，它的主人是一个上帝。如今知道他死了，它觉得它对生活和世界的信念的全部基础在它心中崩溃了，极度的悲伤充满了它的心胸。

它蜷缩在主人的床下，这样想道：

"我不幸的主人啊！我不幸的主人！你死了，你丢下我死了！一切的一切都死了，都死了！一切的死对我比我的死对一切更可怕。我不幸的主人啊！我不幸的主人！你这样躺在这儿，面色苍白，浑身冰冷，散发着快要腐烂的气味儿，散发着将被吃的肉的气味儿，已经不是我的主人了。不，不是。我的主人到哪里去了？抚爱我的、对我说话的主人在哪里啊？

"人是多么古怪的动物啊！从来也不关心眼前的事情。他抚爱我们，我们不知为什么；我们抚爱他的时候却不然。我们过分抚爱他时，他总拒绝我们或惩罚我们。没有办法知道他愿意怎样，如果他自己知道的话。他好像总是想别的事而不管眼前，甚至对眼前的事情视而不见。仿佛有另一个世界在等着他。当然，如果有另一个世界，就没有这一个。

"后来他用一种难以理解的方式讲话，或者吠叫。我们吼叫着；为了模仿他，我们学会了吠叫。即使这样，我们也不能理解他。当他吠叫时，我们才真正理解他。当人吼叫，或者叫喊、恐吓时，我们这些动物才很理解他，此刻他的心才没有飞到另一个世界去！……不过，他是以自己的方式吠叫、讲话。而这样做，他是为了编造没有的东西，而不注意已有的东西。一旦他给什么东西取了名字，那种东西就不见了。他只让你听到他取的名字或看见他写的。语言被他用来说谎和编造没有的东西，并使之混乱不清。对他来说，这一切全是他为了同其他人谈话或自言自语的借口。我们这些狗甚至也受到他的传染。

“他是一头生病的动物，毫无疑问。他总是害病！似乎只有睡觉时身体才好一点，而不经常如此，因为有时睡觉也说话！这一点也传染给了我们！他传染给我们多少事情啊！

“后来他又责骂我们！他，一个极其虚伪的动物，把不谨慎或不知耻叫做厚颜无耻。语言使他变虚伪了。如果把不谨慎称为厚颜无耻，虚伪就应该被称为人类主义[①]。他想把我们变成虚伪的动物，就是说把我们，把狗，变成滑稽可笑的、虚假的动物！我们不是像牛马那样被迫接受人的征服和驯养，而是为了寻找猎物按照双边协定自由和他联合的。我们为他发现猎物，他去猎取，把我们的一份分给我们。我们的康采恩就是这样以社会契约的形式产生的。

“他对我们的报偿是滥用和辱骂！想把我们变成小丑、猴子和聪明的狗！所谓聪明的狗，就是那些教他们表演滑稽剧的狗。为了教他们表演，它们为他们打扮，训练他们用后腿和脚庄重地走路！聪明的狗！人们把这个、把表演滑稽剧和用两脚走路叫做才能！

“当然，用双脚站立的狗会不顾脸面、不知羞耻地公

① 它包括人类中心说，神人同形同性说和对人的崇拜。

开表露它的廉耻！人一站起来变成直立的哺乳动物，就这么做，并且马上感到耻辱，感到掩盖羞辱的道德需要。所以人的圣经说（据我所闻），第一个人，就是头一个用两脚走路的人，会感到赤身出现在上帝面前的羞怯。为此，他们发明了衣服，以便遮羞。但是由于男人和女人开始都穿衣服，所以彼此难以区分，常常分不清男女。于是就发生了千百件人类的暴行。他们固执地称之为猪狗的或无耻的行为。是他们，人类，把我们这些狗变坏了，是他们把我们变成了狗东西，无耻的东西。这是我们的虚伪，因为无耻对狗来说就是虚伪，正如对人来说虚伪就是厚颜无耻一样。我们彼此之间也互相传染了。

“人穿上了衣服。最初，男女穿着一样的衣服。但是由于混乱不清，他们不得不制作不同的衣服，并把性别标在衣服上。裤子不过是人两脚站起来的一种结果。

“人是多么古怪的动物！从来也不注意应该待在哪儿，应该注意什么，并且为说谎才说话，还穿衣服！

“不幸的主人！不久你就要被埋在安葬你的地方了。人类保存或贮存他们的尸体，不让狗或乌鸦把它们吞掉！免得只剩下从人开始一切动物留在世界的唯一的东西：几块骨头。人类贮存他们的尸体！可怜的人！

“我不幸的主人啊！我不幸的主人！你是个人，是的，你仅仅是个人，只是一个人！我的主人是不幸的！他不相信也不考虑多少事是多亏我啊！……当他对我讲话，对我讲话，对我讲话时，我用我的沉默、我的呻吟教给他多少事情！多少事情啊！他却问我：‘你懂了吗？’是的，他自言自语地对我说话时，我懂他的话，懂他的话。他说呀，说呀，说呀。他这样自言自语地对我说话时，是对他的狗讲话。我对他的厚颜无耻保持着清醒。他过的生活很坏，坏极了！那两个人把他的性格变得极坏，更确切地说，是非常具有男子汉气概！毛里西奥造成了他的男子汉气概！欧亨尼娅造成了他的女人气！我可怜的主人啊！

“现在你躺在这儿，脸色苍白，身上冰凉，一动不动，穿着衣服，是的。但是不说话，嘴上也不说，心里也不说。再也不对他的奥菲奥说什么了。奥菲奥沉默着，也没有什么对他说了。

“我不幸的主人啊！他现在该怎么办呢？他所说的和梦想的东西在哪儿？也许在高处，在纯洁的世界里，在大地的高原上，在那纯洁的、就像被人们称为神的柏拉图看到的那样到处是纯洁色彩的土地上，在那落下宝石的、纯净的人们食饮空气和呼吸天空的地面上。纯洁的狗，猎人圣乌贝托[①]的狗，口里衔着火把的圣多明戈·德·古斯曼[②]

① 圣乌贝托，八世纪的天主教神父，猎人保护者。

② 圣多明戈·德·古斯曼（1170—1221），西班牙神父。

的狗，圣罗克[1]的狗，也在那里，一位讲道士曾指着圣罗克的画像说：‘你们看。那就是圣罗克，还有他的狗！’纯洁的狗，真正不顾廉耻的狗就在那柏拉图的纯洁世界上。我的主人也在那个世界上！

“我觉得，接触到这种死亡，我主人的这种净化，我的灵魂变得纯洁了。他渴望着雾——他终于毁灭在雾里——渴望已经出现的、他已归属的雾——奥菲奥觉得昏暗的雾在飘来……它跳着、摇着尾巴向它的主人跑去——我的主人，我的主人！不幸的主人！”

后来，多明戈和利杜维娜把死去的不幸的狗从主人床下抬走了。它像主人一样纯洁，像主人一样笼罩在昏暗的雾中。看到这幅图景，多明戈不由得一阵心酸，哭起来，不知是为他主人的死还是为狗的死而哭，尽管最叫人相信的是，他是看到那个忠诚可靠的极好的榜样才哭的。他说：

“以后人们会说，痛苦是杀不死人的！”

---

① 圣罗克（1295—1327），法国神父。

图书在版编目（CIP）数据

迷雾／（西）乌纳穆诺著；朱景冬译．—南京：译林出版社，2016.6

书名原文：niebla

ISBN 978-7-5447-6378-3

Ⅰ.①迷… Ⅱ.①乌… ②朱… Ⅲ.①长篇小说－西班牙－现代 Ⅳ.①I551.45

中国版本图书馆CIP数据核字（2016）第097065号

书　　名 迷　雾

作　　者 〔西班牙〕米格尔·德·乌纳穆诺

译　　者 朱景冬

责任编辑 陆元昶

特约编辑 苑浩泰

出版发行 凤凰出版传媒股份有限公司
译林出版社

出版社地址 南京市湖南路1号A楼，邮编：210009

电子信箱 yilin@yilin.com

出版社网址 http://www.yilin.com

印　　刷 三河市中晟雅豪印务有限公司

开　　本 640×960毫米　1/16

印　　张 19.25

字　　数 169千字

版　　次 2016年6月第1版　2023年10月第4次印刷

书　　号 ISBN 978-7-5447-6378-3

定　　价 38.00元

译林版图书若有印装错误可向承印厂调换